흐르는 강물처럼 2

흐르는 강물처럼 2

초판 1쇄 인쇄일 2022년 11월 14일
초판 1쇄 발행일 2022년 11월 25일

지은이 김창환
펴낸이 양옥매
디자인 표지혜 양인순

펴낸곳 도서출판 책과나무
출판등록 제2012-000376
주소 서울특별시 마포구 방울내로 79 이노빌딩 302호
대표전화 02.372.1537 **팩스** 02.372.1538
이메일 booknamu2007@naver.com
홈페이지 www.booknamu.com
ISBN 979-11-6752-220-7 (03810)

흐르는 강물처럼 2

김창환 산문집

책과나무

들어가는 글

여름에서 가을로

'8월의 크리스마스'라는 영화를 기억하겠지요. 배우 한석규의 미소가 불쑥 떠오르는 영화, 불치병을 앓는 사진관을 하는 남자가 사랑하는 여자를 남겨두고 자신의 삶을 담담히 정리하는 과정과 함께 밝고 따뜻한 일상을 담고 있는 영화였지요. 무성한 풀숲에서 피어나는 꽃처럼 은밀히 사랑이 피어나기 시작해 열매를 맺기도 전에, 생을 마감할 수밖에 없었던 주인공의 비애를 그리 제목으로 비유한 것이었을까요.
"내 기억 속에 무수한 사진들처럼 사랑도 언젠가는 추억으로 그친다는 걸 난 알고 있었습니다. 하지만 당신만은 추억이 되질 않았습니다. 사랑을 간직한 채 떠날 수 있게 해준 당신께 고맙단 말을 남깁니다."
가을이 시작되는 즈음 그 영화가 생각났던 겁니다. 남자주인공의 마지막 대사 때문에 그런 것인지도 모릅니다. 그가 말한 추억과 사랑은 무엇일까요? 추억과 사랑의 실체는 소유일까요? 존재일

까요? 스스로에게 질문을 던져 보았던.

흔히 가을을 남자의 계절이라고 하지만 그건 사내들이 힘으로 존재감을 가졌던 농경시대나 산업화시대의 미덕이었을 것처럼, 남성 우위의 시대적인 산물이 아니었을까요? 이제는 낡고 쪼그라진 사내들이 그런 감정의 사치를 누릴 여유도 없어 작금의 현실과는 맞지 않는 정서라는 것이 나의 주장이면서 반론이기도 합니다. 그 이면에는 마치 내가 가을을 타는 듯 음모론에 빠지듯 그런 심정이기도 하였겠지요. 가벼워진 햇살과 바람, 점점 이르게 저무는 시간, 작은 들풀들조차 꽃을 피우고 열매를 맺는 계절에도 안주하지 못하듯 부유하는 내 모습을 목도하면서 갈대처럼 흔들리는 모습을 보았던 것입니다. 부부라는 관계로 존재하면서 과연

사랑을 끊임없이 나누기는 어려울 테고 추억으로라도 간직하고 사는 것일까 생각해보기도 합니다. 그러니 사랑이 식거나 없었더라도 정으로 산다는 애매한 말로 대신하기도 하였겠지요.

살아있는 모든 것들, 아니 인간만이 그러하리라는, 그냥 '존재'로 태어났지만 인지능력을 가지게 되는데 그것의 핵심은 소유의 개념이 아닐까요? 그리고 그 개념에 너무나 익숙해진 나머지, '소유하는 나'를 당연하게 자기라고 인식하게 되었다는 것이지요. 그럼 본래의 모습은 어떤 모습이었을까요.
누군가는 그런 이야기를 했더라구요. '현생 인류는 대부분의 시간을 존재로 살아왔으며 사피엔스의 몸은 존재적 삶에 맞추어져 진화되었다'는. '소유'는 아주 먼 옛날 우리 조상들이 야생에서 생존하기 위한 한 방편에 불과했었는데, 오늘날에는 거의 삶의 목적이 되어 버렸다는 것이지요. 이제는 소유하기 위해서 산다고 해도 전혀 문제가 되지 않는 세상이 되었지요. 행복의 전제조건처럼 소유는 인간에게 꼭 필요한 개념이겠지요. 하지만 많이 소유한다고 해서 그것이 반드시 행복으로 이어지는 것은 아니잖아요. 주위에서 많이 소유하고도 행복하지 않은 경우를 어렵지 않게 볼 수 있다는 것은 좀 그렇지요. 심지어 많이 소유해서 불행해

지기까지 하는 경우도 종종 발생하기도 합니다. 그럼 사랑은 존재일까요? 소유일까요? 스스로에게 질문을 던져보지만 참 어려운 문제인 것 같아요.

인간이라는 특별한 존재로 태어났다지만 이 땅에 잠시 머물다 가면서 정말로 소유한 게 무엇일려나요? 에리히 프롬은 소유에 대한 피할 수 없는 집착에 대한 해답이랄까, 강탈당함에 대한 끊임없는 불안을 야기하기 때문에 그에 대한 해결책으로 대대적인 인식 개선과 사회 구조의 개편을 통한 존재적 실존 양식을 제시합니다. 존재적 실존 양식은 능동성을 기반으로 한 독립, 자유, 비판적 이성을 전제 조건으로 합니다. 하지만 완전한 무소유는 인간의 실존이 불가능하므로 의식주와 같이 생존에 필요한 '실존적 소유'와 착취를 기반으로 한 '성격적 소유'를 구분 짓는 것이지요.

종교나 대중적인 예술 등의 분야에서 사랑을 최고의 가치로 숭상하는 시대에 살고 있는 시절, 또 너와 나 우리들은 사랑과 곁에 없는 또 다른 누군가에 대한 그리움으로 외로운 척 사는 것 같더라구요. 무슨 이유가 있는 것일까요?
소유하고 싶은 욕망 때문이라면 너무 단순한 듯, 하지만 달리 할 말이 궁색하기만 하네요. 우리들의 소유욕은 무궁무진하기 때문이겠지요. 이 시대 생존을 위한 방편처럼 당연해서 곁에 있는 사람들과 나누고 자연스런 교감을 갖기가 어려워진 것 사실이잖아요. 자신과의 교감이나 타인과도 그럴 기회를 박탈하면서 창조성을 가질 수 없다는. 프롬은 이런 삶의 방식을 '소유 양식'이라고 했고 이런 소유 양식을 가진 사람들은 다른 사람들을 진정으로 사랑하지 못하게 된다는 것이지요.

하지만 더 중요한 것은 이런 사랑 불능의 상태에 빠진 사람들이 대부분이라는 겁니다. 소유하지 않고 다른 사람과 경험을 함께

하고 나누어 갖는데서 기쁨을 얻는 사람들은 드물다는 것이지요. 이런 사람들의 삶을 그는 '존재 양식'이라고 한다고 했어요. 물론 누구든 생존에 필요한 만큼은 소유해야겠지만 존재 양식으로 사는 사람들은 소유하려는 집착이 없기 때문에 순수한 삶의 기쁨을 알고, 주는 행위를 통해 타인과 하나가 된다는 것이지요. 그들에게는 진정한 우애와 사랑이 있다는 것입니다. 재미있는 것은, 프롬은 이런 존재 양식이 주로 불교와 기독교 같은 위대한 종교 사랑의 중심을 이루고 있다고 보며, 마르크스의 사상도 소유가 아닌 존재를 지향한다는 점에서 서로 공통점이 있다고 보았다는 것이지요. 결국 소유란 쓰면 쓸수록 없어지는 것이니 줄어들 수밖에 없는 것이지요. 그러니 사람이 더 많은 것을 소유할 목적으로 일한다면 그 끝은 불행에 빠질 확률이 높다는 것.

반면에 '존재적 인간'은 더 높은 완성을 위해 살기 때문에 소유에만 집착하지 않고 매사에 당당해질 수 있다는 것이지요.

호기심을 통한 창조력이나 이타적 사랑과 같은 존재적 가치는 실행하면 할수록 없어지는 게 아닌 더 늘어난다고 봐야 하겠지요.

내가 '그리움을 만들고 싶었다'는 막연한 감상의 발단이었을 것도 같은데, 소유냐 존재냐 하는 답답한 이야기를 늘어놓은 것 같네요. 또 다른 그리움의 대상을 탐한다는 것은 분명 소유일 것 같은, 뭔가 규정하고 싶은 조바심이었을지도 모를 일이고. 그럼 그를 만나고 싶다는 것은 존재일까요? 소유일까요?

중국 우한발 역병의 공포로 새해가 시작되었고 절박함으로 기대와 우려가 롤러코스트를 타듯 출렁거렸고 긴 장마로 여름을 마무리하는가 싶더니 기습적인 폭우로 가을은 하늘을 열었는데, 이 가을은 평온하기를 간구하는 마음을 가져봅니다.

차례

1부

기다림, 가을의 회상

때가 되면 빈자리 남겨놓고 떠나야 할 것인데
언제나 그 자리에 있을 듯
그러니 가고야 오는 것들은 엇갈리듯
한 번도 만날 수 없었던 거다

- 본문 「떠나는 것들」 중에서

가을햇살

가을햇살은 가볍지만 달큰하다
달큰한 햇살 아래 한나절이면
한 끼 정도는 건너가도 될 듯도 싶다
그러니 며느리보다 딸내미에게
더 먹이고 싶었던 거다

금새 자리를 옮기는 바지랑대 위 잠자리도
작은 얼굴을 요리조리 돌리며 햇살을 먹고
모가지가 나온 열매들 햇살로 속을 채우고
붉어지는 열매들은 햇살로 단맛을 들인다
가을볕 붉은 고추를 뒤집는 늙은
여인의 손등에도 매웠던 지난 세월이 선연한 핏줄로 튀어 오른다
갈볕에는 특별한 살이 있다

—

'봄볕에는 며느리를 내놓고 갈볕에는 딸을 내놓는다' 로 전해진 말은 엄마의 마음을 빗댄 말이지만 그만큼 갈볕이 좋은 거라는 걸 알게 해주기 위해 만들어낸 말인 듯도 해요.
모가지가 나온 것들도 햇살로 배를 채운다는 말을 생각해봅니다. 바지랑대 위 잠자리의 모습이 새삼스럽게 친근하게 다가오는 듯, 가을날의 한갓진 풍경이 담겨있네요.
과일들은 단맛을 들이고, 오늘은 나도 달큰한 가을햇살을 먹기 위해 들판에 나가보아야겠네요.

가을이 오는 길

홀로 일어선다는 게
손을 잡히고서부터라도
한참을 더 기대어 살아야했다
태양을 갈망하듯 거친 대지에
발을 딛고 손을 뻗었지만
늘 누군가를 기대었던 듯

철따라 새싹이 돋고
꽃이 피고 지듯
철이 든다는 것은
때를 안다는 거였다

더 짙어질 초록은 없는 듯
향긋한 칡꽃이 지는 산비알
깨금 열매 뽀얀 살이 오르고
싸리나무들 촘촘히 꽃비를 엮어 가는데

지친 빗줄기는 매미들

울음보를 묶어놓고

입추를 넘어가는 고갯마루 아래

맥문동 마을

서늘한 보랏빛 꽃이 피는

맥문동 마을의 밤으로

가을을 찬미하며 풀벌레며

귀뚜라미 노래가 찾아들 거다

—

그랬나요.
태어나 걸음마를 시작하면서 엄마든 곁에 있는 누군가의 손을 잡히던 것이었으니, 저마다 차이는 있지만 근 이십 년이나 부모 또는 곁에 있는 누군가의 그늘 속에서 살아야 했던 거네요.
다들 저 잘난 듯 살아가지만 어찌 보면 다들 누군가를, 무언가를 기대고 살아가는 것이지요. 절대적인 신이든 마음의 평안을 갈구하는 것도 크게 다르지 않을 듯.
칡꽃이 피면 여름은 절정이고 깨금, 개암 열매도 속을 야무지게 채워가겠지요. 맥문동은 보랏빛 꽃대로 무더운 여름을 시원함을 들이고 잎인 듯 꽃인 듯 싸리꽃은 한참을 지면서 또 피어나겠지요.

무릇꽃

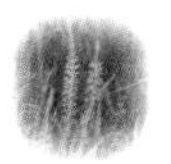

무릇 있는 자는 받아
풍족하게 되고 없는 자는
그 있는 것까지 빼앗기리라
복음서에 나오는 말씀이거늘
무릇 주저없이 길을 나서
이것저것 겪어본 자는
삶이 더 여유롭게 되고
회피하고 숨어든 자는
그 있는 추억까지 빼앗기리라는 말은
내가 지어낸 것인 게

까맣게 잊었던 얼굴이 앞에 마주서듯
불쑥 상사화가 피었다 지고 나면
또 다른 그리움 선연한 핏빛으로 번지듯
불갑사며 선운사에 꽃무릇 피는
철에는 연분홍빛 무릇꽃도 피어났다

보릿고개를 넘던 시절
진달래꽃 지고 난 산골에 마늘잎처럼
피어난 무릇 비늘줄기를 캐낸 것은
메마른 봄철 구황(救荒)이었으니
야생초며 시래기 넣고 가마솥에
한참을 고았지만
아린 맛도 남아 있었을까
무릇 보아주지 않아도
이름을 불러주지 않아도
꽃들은 철따라 지면서 피어나곤 했다

—

사전적으로 '무릇'이라는 말이 '대체로 생각해 보아'네요. '일테면'이라는 말과 비슷한 의미인 듯도 싶은데, 생소한 야생초로 무거운 주제를 풀어놓으셨네요.
성경에 나오는 달란트의 비유처럼 시도하지 않고 노력하지 않는 자에 대한 경고의 메시지인 듯, 느낌이 새롭네요. 이른 봄 푸른 순을 피워내던 상사화는 늦은 봄날 스러졌다가 8월이 되면 불쑥 꽃대를 올리고 가을빛이 오면 같은 과인 꽃무릇이 또 피어나는 거네요.
보기는 했겠지만 그 이름을 불러주지는 못했을 듯 무릇은 생소한 야생초네요. 이른 봄 그 비늘줄기를 캐어내 고아 먹었다는 것도. 이번 주말에는 꼭 무릇꽃을 찾아 나서야겠네요. 그 이름도 한 번 불러볼 수 있도록.

마음이 가는 길

눈이 마음의 창이라는
말은 좀 부담스러웠다
그보다는 지레 자신의 한계를
도모하듯 눈이 가는 길은
손발과 따로의 심정이 되었을까

두레박을 내려 우물 속 깊은 속물을 퍼 올려선
놋수저에 당원을 으깨어 푼
주전자를 들고 염천(炎天)에 콩밭 매는
엄마에게 가던 길
주전자도 더운지 송글송글 땀이 굴렀다
한고랑 콩밭을 매는 척
먼 고랑의 길이를 재듯
그 끝으로 자꾸만 눈길이 가는 모습에
엄마가 던진 한마디

눈은 언제 저기까지 가나
달아날 구석을 두리번거리지만
손은 묵묵히 그 일을 다 해나간다고

장마 끝 열기는 후끈한데
움직여야 덜 아프시다며
엄마는 오늘도 텃밭에 나가셨을려나

—

눈과 손발은 한 몸에 속한 것이지만 각기 다른 역할처럼 존재성을 갖기도 하는 듯. 사람의 마음은 선함과 악함이 함께 머문 듯해요. 요즘처럼 설탕이 일반화되기 전에 뉴슈가나 당원이라는 감미료가 있었던 게 기억나요.
산을 오르다 보면 발밑을 보기보다는 자꾸만 앞에 올라야 할 길을 내다보는 것과도 같네요. 눈은 자꾸만 한계를 만들려 하고 하지만 손과 발은 묵묵히 해야 할 일과 길을 가게 된다는 것. 평생 육신의 고통을 감내하시며 사셨던 어머니를 다시 생각해보는 아침입니다.

돌콩꽃

흔해빠졌거나 드러내지 안했대도

소중한 것은 공짜인 것에도 꼭꼭

숨어 있었다

올 여름 뜨거운 햇살도 그랬다

여름날이면 뜨거운 태양을 피해

바다로 계곡으로 숨어 다녔는데

늦은 장맛비에 언뜻언뜻

뜨거운 태양이 그리웠던 것도 그랬다

맑은 공기며 물은 너무나 당연한데

마스크를 챙기지 않았던

시절도 마찬가지였던 듯

아는 척 보아주지 않으면

볼 수 없을 아주 작은

돌콩꽃도 피는 계절

돌콩은 9월의 따가운 햇살에 감사한 듯
나는 작은 꽃이 또 사랑스럽다
아침에 처음 만났을 때
반갑게 웃는 얼굴에 정겨운
인사도 공짜이듯

—

그러고 보니 한시도 마시지 않으면 안 되는 공기도 바람도 햇살도 전부 공짜인 것이었네요. 가을장마가 이어지듯 궂은 날씨에 뽀송뽀송한 햇살이 그리워지는 것이고.
돌콩이란 야생식물도 있는 거네요. 콩의 원산지가 우리를 포함한 동북아지역이란 것을 알고 있는데 돌콩이 그 야생콩이었으려나요. 콩과식물들의 꽃은 잎사귀 밖으로 잘 드러나지도 않으니 익숙하지는 않는 거고. 작은 꽃들은 자세히 보아야 예쁘겠지요. 그렇네요. 아침에 처음 만났을 때 반갑게 웃는 얼굴에 정겨운 인사도 공짜인데 헤프게 써도 되겠네요.

기도하는 여인

떠난 사람들의 흔적은 이야기로만 남아있듯
수덕사 초입 수덕여관의 흔적
단돈 오천 원에 사든 복사본
고암 이응로의 그림 제목은
기도하는 여인이었다

숱한 나그네의 발길이
머물다 간 흔적은 다 지워지고
너럭바위에 동도서기(東道西器)의 흔적을 남기며
낯선 회화세계를 추구하던 한 사내와
세 여인의 애절한 이야기가 전해지는 곳
시대를 앞서갔다는 것은
고루한 사내들의 오만함이었을 듯
일엽이라는 법명은 춘원의 작품이라 듯
수덕사의 여승은 대중가요로 불렸고
바위에 달걀을 던지듯 우울했던 신여성 나혜석

젊은 연인과 빠리로 내빼버린
지아비를 끝내 그 자리를 지키며
기다리던 여인까지

새벽녘 장꽝에 정한수를 올리거나
정월대보름 거리제를 지내거나
부뚜막 위 조왕신에게도
부처님이든 천주님이든 예수님이든
공손히 두 손을 모았던 것은
대개 이 땅의 여인들이었다
그대는 지금 누구를 무엇을 위해
기도하기도 하는지요

—

오래된 대웅전이 있고 여러 스님들의 이야기도 전해지지만 초입의 수덕여관은 근세를 살다 간 여인들의 이야기도 전해지는 곳이었네요. 지금도 그러하기가 어려운데 고리타분했던 그 시절에 여성의 억압을 해체하려 했던 여성들의 마음고생은 상상을 넘어서는 일이었겠지요.
억센 농사일과 고된 가사노동에 시달리면서도 누구에게든 기도해야 했던 그 시절 어머니들의 모습을 생각해보는 아침입니다.

꼬리표

광천역에서 장항선 비둘기호를 기다리던
초등학교 3학년 아들에게
서울은 처음이었으니 두근거리던
가슴에 택배물건에 꼬리표를 붙이듯
꼬리표를 달아주었던 건
영등포역에서 내려 길을 잃으면
누군가에게 내보이라는 엄마의 염려였다

고향 가까운 마을에 살다가
서울 아들네 집으로 오신 어머니
집안에만 계시지 말고 밖에 나가
동네 한 바퀴씩 돌아 오세요
엄마의 굽은 등을 떠밀며
이제는 주머니에 꼬리표를 달아드려야 했던 건
집을 찾아오시는 것도 깜박거리듯
지나가는 누군가에게 내보이라는

아들의 염려였다

어린 아들을 처음 서울로 보내던

당신의 젊은 시절 머리 위에는

온갖 것들을 이고 다니셨고

게다가 이런저런 근심걱정까지

얼마나 무겁게 끌어안고 다니셨던가

이제야 그 무거운 짐들을 내려놓을실만 하니

이제는 가물거리는 가까운 기억들

당신의 먼 기억은 그대로인데

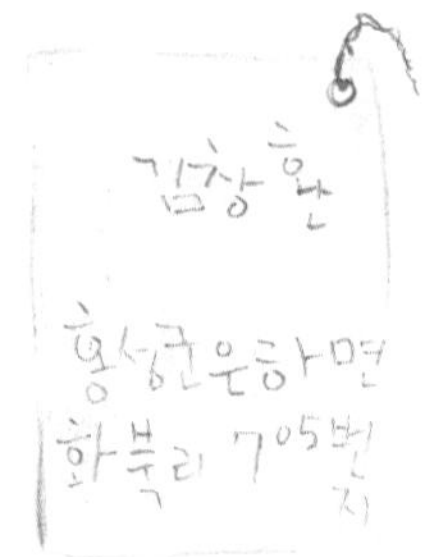

—

어려선 서울에 한 번 가보는 것이 꿈의 범주에 들 정도로 쉽지 않았지요. 꼬리표라는 게 흔히 나쁜 이력처럼 부정적으로 쓰이는 것인 줄 알았는데 아니었군요. 요즘 택배를 보낼 때 붙이는 주소지의 의미가 있는 것 같이.

낯선 곳, 먼 길을 떠날 때 누군가 보호자가 같이 갈 수 없는 상황에서 주소가 적힌 쪽지를 붙여 보냈다는 것을 생각해볼 수 있을 것 같아요. 이제 어머니를 모시면서 집으로 찾아오지 못하실까 꼬리표를 붙여 외출을 보내드리는 것을 생각해볼 수 있네요.

나의 어머니도 그랬어요. 옛날 일들은 생생하게 기억하시는데, 딸네 집 주소는 끝내 기억하지 못하시더라구요.

가을저녁(秋夕)

둥그러진 배를 내밀 듯
가을저녁으로 오는
한가위 보름달을 기다리시나요
잊힌 듯하지만 푸르스름한
달빛에 젖은 들길이라도 걷고
있노라면 문득 돌아가고 싶은
동산 위로 오르는 달처럼
떠오르는 그리운 풍경들

광천대목장날 열무며 애호박 한 광주리
이고 가 엄마가 사다주셨던,
후년까지 입어야 한다니
두 단이나 접어야 했던
추석빔의 넉넉함과 까실거리던 설레임
특별히 기다려야 할 살붙이도 없으면서
토방에 물을 뿌리고 마루를 닦아내고는

앞마당도 곱게 쓸어내고 동구 밖을
내다보던 먼 그리움
부뚜막 말코지에 한두 근 짚으로 묶여
걸려있던 돼지고기의 느끼한 풍요로움
달이 차오르듯 반달송편에 햇콩이나
녹두며 동부속의 달큰 고소함으로
속을 채워놓고 솔잎을 따러가던 분주함

차례를 지내고 물봉선 고마리꽃 가득한
개울을 건너 성묘로 가던 길도 아득한데
바람 든 무 씹듯 사는 형편들도
퍽퍽한데 내 편 네 편이나 가르려는
위정(爲政)의 현실은 안타까움이
짙은 안개처럼 머문 세상살이
그렇듯 저마다의 삶이 힘겹고 관계가
또 툴툴대더라도 곁에 있는 누군가에게
건네 줄 한 마디 위로의 말을 생각해보면
조금 가벼워지지는 않을까 싶은 건
한가위 보름달을 기다리는 마음이라도
가을저녁(秋夕)을 맞고 싶은 건

—

여름을 건너 가을을 맞고 그 가을의 중간쯤에 추석이어서 중추절이었을라나, 음력을 따르는 것이니 늦고 빠름의 차이는 있었으나 수확이 시작되는 시기이네요. 노천명의 '장날'이라는 시에 가난했던 시절 추석의 풍경이 묻어있었어요, '대추 밤을 돈사야 추석을 차렸다' 듯.

가을저녁은 서늘해지며 풀벌레 울음소리가 들리고 달빛에도 곡식이며 과일이 익어가는 계절이니 더할 나위 없이 풍요로운 계절이었지요. 시골마을에서는 키우던 돼지를 잡는 일이 아이들에게는 축제처럼 반가운 일이었고 고기 냄새를 맡을 수도 있었던 시절이었고요.

명절이나 되어야 새 옷을 입을 수도 있었으나 키가 자라는 나이였으니 앞으로 한두 해 자라는 키 높이까지 큰 옷을 사주었으니 폼도 안 나고 접어 올려야 했던 거네요.

역병으로도 사는 게 다들 힘든데 곁에 있는, 명절이라고 만나는 누군가에게 건네는 따뜻한 말 한마디가 서로에게 힘이 될 듯요.

운림산방에서

구름은 숲이 되어 산을 오르고
숲은 또 안개가 되어
산을 내려오는데
운림지(雲林池) 수련은
따가운 소낙비에도 오수에 빠진 듯
섬으로 떠 있는 배롱나무 붉어져
붉은 꽃잎을 펼치려는 즈음

올돌목 건너 녹우당에 닿은 인연
구름으로 지나갔지만
붓 끝에 새긴 열정
산방으로 돌아와 있는 듯
그 툇마루에 걸터앉아
한나절쯤이나
시를 한수 읊으려나
한 폭 그림이나 기워볼거나

아서라 말어라

바람소리에나 한시름 놓아야지

—

진도 첨찰산 아래 운방산방에 들렀던 거네요. 사람의 손길을 보탠 흔적이지만 인적이 드문 요즘엔 참 고즈넉한 모습일 것 같아요. 운방산방을 들인 소치 허련과 초의선사와의 인연도 생각하게 됩니다.

산을 내려오는 바람과 연못의 수련을 바라보며 시 한 편을 읊조려도 좋을 듯한데.

석류

잠시 속세를 벗어나듯
한참을 걸어 들어간 길 끝에
노랑부리연꽃이 가득한 연못에
불영(佛影)은 내려오지 않았다
둥지를 잃었던 아기새에게
아침을 공양하던 비구니는
한 입만 먹고 날아가는 곤줄박이를
보며 낯선 중생에게 이르듯
저 애는 절대 과식하지 않아요
결국 힐난하듯 몰아세웠다

무명초를 베어내며 다 태워버렸다고
속세의 지고 온 오욕칠정은
싹 다 지웠다고 속울음을 삼켰지만
아직도 속세의 욕망은 잉걸불로
남았던지 불영사 종무소 앞 화단에

석류라서 저리 붉어진 것일까
작은 골방 속에서 버둥거리듯
버려야 한다고 수없이 굴린
염주알처럼 알알이 들어찬
붉은 알갱이들은 또 무엇인가
꽃도 열매도 부서지는 속알도
모두 붉다는 것은

—

울진 불영사에 다녀오신 거네요. 주차장에서 한참을 걸어 들어가던 길이 참 좋았어요. 연못에 부처님의 그림자가 내려왔다는. 석류가 익어가면서도 전하지 못한 말처럼 뜨거운 여름이 시들어가도 붉은 꽃은 또 피어나는 듯해요. 연모하던 연인의 문 앞에서 표정을 옮긴 듯, 전하지 못한 말이 다시 꽃으로 타오르는 거네요.

때움에 관하여

요즘 흔해빠진 페트병을 보면
막걸리든 당원물이든 주전자
주둥이를 쑥으로 틀어막고 조심스럽게
들길을 가던 날들이 떠오르는 건
그때도 그 물건들이 있었으면
얼마나 좋았을까를 생각해보듯
무쇠솥 양은냄비 고무신
양말 따위도 땜질이든 땜방이든
때워야 할 것이 많던 시절엔
재활용품이란 말이 없었던 거다

손에 든 전화기며 컴퓨터가
생겨나면서 그냥 내버려둬도
흘러가는 시간을 일부러
때우기도 해야 하는
세상이 된 듯싶은 건

이것저것 때울 것들이 일들이
사라졌기 때문인 듯싶은데
속알머리도 멀쩡한 얼굴도 때울 것을
고민하는 것도 같은 이유일까도
생각해보았을까

바라옵건데 한 가지만 든다면
시간만큼은 때움의 대상이
아니었으면 하는 그런 것
남아있는 생의 기도이고 싶다

—

그때는 페트병이란 게 없던 시절이었으니, 주전자나 병을 활용했지요. 제삿날에 가끔 대두병이라던 정종병에 막걸리를 사러 갔던 기억이 나요. 제대로 꼭지를 막지 못했으니 조심해서 들어야 했고, 오고 가는 길이 불편했지요.
고무신도 양은솥도 땜장이가 마을을 순회하면서 때워주던 시절이었으니까요. 그래요. 시간이 그저 때움의 공간이 되지 않도록 자신을 다독이는 일, 늘 경계해야 할 것이겠지요.

알밤

연둣빛 봄눈이 내린 듯
밤꽃이 피던 마을
멀리서 향기로 다가오더니
곁으로 다가갔을 때 은밀한
유혹이었을까
떨치지 못한 정염이 꽃이었다니
갈래갈래 가는 봄날을 흔들었을까
창호지문 창경(窓鏡)으로
찡그리며 사립문을 내다보던
사내는 오지 않는 아낙의
발소리에 가슴을 졸였다

밤의 꽃이었다는 게 부끄러워
가시로 집을 지어 숨어들었던가
뜨겁던 지난 여름날들을 꼭꼭
여며 두었다가 때가 되었으니

갈바람에 툭 툭 알밤들 대지를 두드린다
겨울밤 창경밖에 검은 눈이 내리고
질화로에 밤이 익어가면
지난 봄날의 야한 이야기들
날이 저물면 닫고 걸어둘
고달이도 없던 고향집 비스듬 기운
사립문이나 그립다

—

첫여름이 시작되면 밤꽃이 피기 시작했고 멀리서는 향기로 다가왔지만 가까이 다가서면 느끼함으로 마주서야했던 기억이 새롭네요. 밤꽃향기를 은밀하게 표현함에 그런 야한 상상을 표현하신 거네요. 그 부끄러움에 가시로 집을 지었다는 게 또 새롭구요. 겨울밤 화로에 할머니가 구워주시던 군밤의 고소함, 비스듬 기운 사립문도.

가을 지리산

닿아야 할 목적지가 지리산이었으니 막연했던 듯
동행도 없이 밤차를 타러 가는 자의 뒷모습에
고독의 그림자가 어른거렸다
가을이 깊어져가는 어둠 속의 산하를 응시하며
밤차가 어제를 건너 오늘로 도착했을 때
산을 휘감은 밤안개는 이른 새벽 별빛도 숨겨두었던가
무성했던 지난 계절을 돌아다보듯 어둠 속에서도
바람은 짙푸른 이파리들을 흔들어 소리를 내며
산을 내려가고 있었다

가파른 비탈에 하나 둘 돌을 고여 땅을 펴놓고
대를 이어 씨를 뿌렸을 산동골 다랭이논들은
황금빛으로 익어가며 흘러내리고
구불구불 논배미 사이 둥벙은 한가해져서
한껏 높아진 가을하늘을 깊이 들여놓았을까
짧아지는 갈볕에 붉어지는 열매들 단맛을 들이고

배추가 속을 단단히 채워가듯
가을은 깊어져가는 계절
작은 들풀까지도 씨앗을 여물리고 대지는
떠남을 준비하듯 물들어가곤 했다
너와 나의 삶에서도 물든다는 것은
욕망의 얽매임에 빠져드는 것인지
초연해지듯 관조의 지경에 서 있는 것인지를 두리번거리며
어둠 속의 노고단고개를 넘어섰을 때
비로소 나는 생각에 머물지 않고 직감에
충실한 산짐승처럼 무심해졌다

지나온 길을 돌아다볼 수 없는 깊은 어둠 속에서
한 줄기 불빛에 내딛어야 할 한 걸음 분량의
길만을 내다보며 반야봉으로 올랐을 때
천지간에 찬란한 여명의 빛이 가득 차 흘렀으니
가슴속 뜨겁게 벅차오르는 환희
태초에도 그러하였을까
운무가 넘나드는 봉우리들이 섬으로 올라서듯
여명의 빛은 바다를 느리고
그제야 내가 지나온 구부러진 길들이
윤곽을 드러나며 흘러내리듯 산등성이며
개울물도 스스로 그러하였다

홀로는 존재할 수 없는 관계 속에서
받은 것보다는 내가 건네준 것이 더 많았을 거라며
억지를 부리듯 상처를 주고받으며 지나온 나의 생애도
그와 다르지 않았을 터
비탈진 바위틈 외롭게 서 있는 한그루 구상나무를 보며
채워지지 않는 욕망의 허기와
외로움을 견디어야 하는 존재임도 건너다보았을까

천왕봉을 올려다보며 뱀사골로 내려가는 길
그 길을 따라 흐르는 물처럼 나무며 들풀들도
물들며 그 길을 따라 내려가는데
지치고 가팔라진 날선 마음이 물소리에 무디어지고
봄여름가을겨울 계절의 순환으로 생성과 소멸이
다르지 않은 한자리였음을
물들어가는 산빛을 이고 떠나오면서 막연했던 목적지는
여전히 그러하였으니 다시 먼 피안이나 건너다보았을까
가을산처럼 물들어 집착과 아집을 버리고
물처럼 바람처럼 흐르다가 철 지난 억새처럼
한줌의 흙으로 흩어져 산이 되고 싶었더라

—

가을밤 지리산으로 떠나신 거네요. 갑작스런 집안일 등이 아닌 여행 목적으로 밤차를 탄 적이 없어 그 느낌이 궁금하긴 해요. 서울에서 성삼재까지 오르는 심야버스를 타신 건가요? 고갯마루라지만 웬만한 산의 정상보다 더 높은 곳이니 밤에 맞닥트리는 그곳의 풍경이 또 궁금해요.

평야지대는 대부분 경지정리가 되었고 경사가 있는 산촌지역은 아직 다랭이논에 존재하는데 산수유로 유명한 산동에도 그런 다랭이논이 남아있는 거네요. 가파른 경사지에 한 단 한 단 돌을 고여 평을 펴놓았다는 말을 한참이나 생각했어요.

가을산에서는 그럴 수 있으려나요. 지치고 가팔라진 마음이 물소리에 무디어진다는, 아! 나도 그러면 어떨까, 물처럼 바람처럼 흐르다가 철 지난 억새처럼 한줌의 흙으로 흩어져 산이 되고 싶다는.

새를 키우려면

주인이 없는 듯 풀섶에서
자라는 개똥참외를 '맡았다'에서
'맡았다'는 말은 '찜하다'의
다른 말이었다
먼저 본 아이가 공개적으로
찜했음을 공표하면
건들지 말라는 의미로
멧새들이 만드는 집도 그랬다
산과 들 개울가에서
멧새들이 알을 낳기 위하여
집을 짓는 것을 먼저 본 아이가
찜했음을 공표하곤 했는데
알에서 깨어나기를 기다렸다가

갈취하듯 집으로 데려오곤 했던 시절
어미처럼 벌레를 잡아다

주기도 했지만 하루를 넘기기가
어려웠으니 단순하게 놀이처럼
야만이었음을

얕은 숲에서 야생의 장끼며 직박구리를
가까이에서 마주친 아침
새를 키우려면 새장을 사지 말고
나무를 심으라던 말이 다가오던
다정했던 길이었다

—

주인이 없을 개똥참외도 그렇게 먼저 본 아이가 소유권을 정했다는 것이고. 멧새가 알을 낳고 키우려는 새끼 새들도 그랬다구요.
별다른 놀이기구나 장난감이 없었으니 그랬겠지만. 끝까지 돌볼 수는 없었으면서 갓 태어난 생명들을 그랬다니 이제라도 반성하셔야 할 일이네요.
하지만 새를 키우려면 새장을 사지 말고 나무를 심으라던 그 말이 살가운 아침입니다.

마당이 있던 집

마당이 있던 집
우물가에 수국이 피던 자리
하지를 지나 별이 익어가면
뚱그렇게 푸짐하던 꽃들이
함박웃음 지으며 피어나던 밤
간지럽듯 가랑비 소곤거림도
소란스럽게 소낙비 지나듯 수다가
기웃거리던 자리

두레박 우물에 빠지며
경쾌한 소리를 지르듯
고된 노동의 허물을 흘려 내리면
익어가던 별들이 망을 보던 밤
분홍빛 초록빛 별빛에 바래듯
수국꽃 꽃빛들마다에
여름밤의 안식과 농익은 관능이

피어나던 자리

—

예전에는 아파트가 아닌 연립이나 단독주택이었으니 집집마다 마당이 있었지요. 작은 꽃밭도 있고. 이젠 도심의 단독주택들도 전부 마당이며 텃밭을 두었던 공간을 없애버리고 다세대주택을 만드니 그런 집들이 사라져가고 있지요. 집안으로 들어가기 전의 여백과 같은 공간, 마당은 거친 삶의 현장에서 비로소 가족이라는 영토였던 것 같아요. 마당의 우물가에 수국꽃이 피는 여름밤이면 여인들은 우물에서 목욕을 하고 정말 별들이 망을 보았을까요?

공주기행

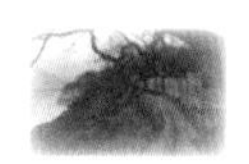

곰나루(熊津) 흐르는 슬픈 전설이듯
공산성에 머문 비루한 역사이듯
쌍수정 아래 우물터에는
비가 지나갔어도 바닥이 말라 있었다

오래된 유물의 흔적이어서
물을 가두지 못했던지
시선이 못 안으로 잠시 머물렀을 때
난리를 피해 도망쳐온
지존의 비루한 발걸음처럼
두꺼비 한 마리 걸어나왔다

정저지와(井底之蛙)인 듯
두꺼비는 팔자걸음으로 느릿느릿
걸어 나오며 한 줌 하늘도
올려다보지 않았다

헌집 줄 테니 새집 달라듯
잊힌 말을 꺼내보이듯
이 땅에 다시는 난리가 없도록
박박 기기라도 하겠냐는데
너야말로 우물 안의 개구리가 아니더냐고
금강을 건너 마곡사로 갔던 길

해 저문 저녁에도
여명이 산을 넘던 아침에도
매표소 문이 잠긴 시간이어서
그 길은 더 정겹고 오붓했다
수런거리는 개울물 따라 오르는 길
극성이듯 초록은 짙어지고
구부러지며 휘돌아가는 물길에서
나지막 소곤거리듯 주절거리는 물소리
극락교는 뒤로 미뤄두고

솔바람 따라 오른 은적암은 적막한데
마당을 쓸던 늙은 거사는 들지 말라며 걸었던 줄을
풀어내며 약수터를 손짓했다

그가 걸었을까
백범명상길 따라 오른 백련암에서
사바세계는 잠시 산 아래 밀쳐두고
피안을 건너 다 보는 척 두리번
암자를 돌아나와 느릿느릿 마을길에서
오디며 왕보리수 철지난 앵두로
입술은 불그죽죽 불들이고서야
해탈문을 지났을 때
초록의 나무에도 연등은 피어나듯 극락교를 건넜다
절 마당 석탑을 돌고 대적광전
꽃문 틈으로 부처님 눈을 맞추고
돌계단을 올라 대웅보전을 지나
징검다리를 건너 온 길
그 흐르는 물길에 머문 듯
수련 한 송이의 염화미소여
고인 듯 흐르는 세월에

뿌리를 내린 삶은 세월 속에서 부유했고
고인 듯 흐르는 물에 뿌리를 내린 수련은
물길에서 또 부유했다

세월이건 물길이었건 떠돌아 흐르는 건
숙명이었더라도 화양연화(花樣年華)
그 한철이 아니면 또 어쩌겠는가
뜨거운 태양을 연모하던 기다림과
흐린 하늘과 맑은 하늘 가파른 집착의 탐심과
내던지듯 팽개친 허심의 부유함에도
꽃을 피우겠다는 열망 하나 만이었듯
고인 듯 하늘 먼빛도 잠시 머물다가던

—

한때 백제의 도읍지였지만 그 흔적이 가물한데, 곰나루의 전설은 유구한 강줄기처럼 흘러내리고 산성은 금강이라는 완충공간을 두고 높지는 않지만 산굽이가 오르고 내리는 성곽까지, 쌍수정이니 두 나무가 있는 우물인가요? 정자인가요.
아 참, 두꺼비가 있다니 우물이겠네요.
금강을 건너 숨어들 듯 개울 길을 따라 마곡사에 든 거네요.
암자로 올라가는 소나무길이 좋았던 길,

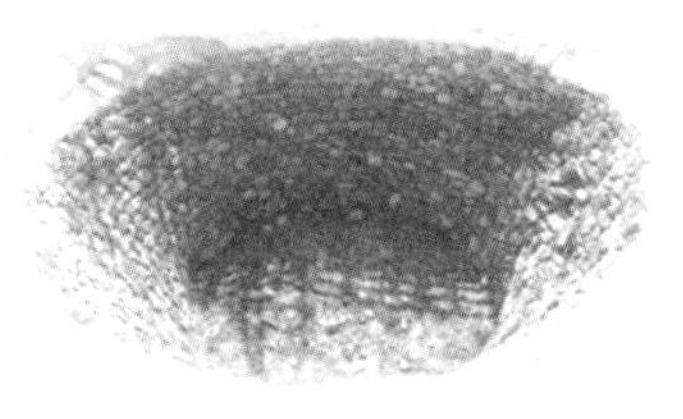

공산성 쌍수정

사람은 무엇으로 사는가

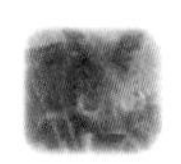

홍천골 사는 농부인 내 친구
옥수수씨앗을 땅에 묻었는데
처음엔 꿩이 내려와 군데군데 파내어먹었기에
그러려니 다시 묻었는데
이번엔 산까치가 내려와 파먹었더랬다
더 이상 묻기를 포기했지만
불어터진 화는 포기할 수 없었던지
산까치가 알을 품는 둥지를 끌어내려야겠다고
독한 마음을 챙겼으니
장대에 낫을 매달아 가는 길
길섶에 인동꽃 그 씁쓰름한 향기에
마음을 돌렸다는 그의 농사 일기를 보고
가난한 구두 수선공의 이야기
사람은 무엇으로 사는가를 다시 읽었다

내 것이라는 내 몫의 경계는 무엇일라나
자연으로부터 얻는 숱한 것들은
당연히 내게 주어지는 것으로
생각하는 건 아니던지
본래의 내 것은 없었던 것을
내가 지금 가진 것이라도
나누는 것인 게 아니런가
사람은 무엇으로 사는가

—

여기저기 산이 많으니 대부분의 밭들은 산에 인접해있고 이제는 멧돼지나 고라니 등 산짐승 때문에 수확을 앞둔 곡식들이 망가지는 사례가 많으니 실제로 당해보지 않은 이는 그 분함을 어찌 헤아릴 수 있으리오.
정말 인동꽃 그 향기에 마음을 돌렸을라나요. 톨스토이의 이야기는 나도 다시 읽어보아야겠네요.

쥐똥나무꽃

개나 고양이를 키우는 게
애완(愛玩)이었다가 반려(伴侶)인 시대
장난스럽게 귀여워서 키운다였다가
동반자로 방안에서도 한 가족으로 사는 듯
인정이 더 많아진 건지 사는 게 여유로워진 건지
저마다 이유가 있을 거지만
저마다 외롭다는 것은 피할 수가 없는 거다

동반자처럼 방 안에서도 같이 사는 반려동물이 없었을 적
억지스럽게 가장 가깝게 지낸 것은 그 자(子)들이었다
방안 어디엔 가도 천정에도 부엌에도 헛간에도 살았다
엄마가 몰래 숨겨놓은 간식도 잘 찾아냈던 난
불명예스럽게 곰쥐라는 그네들의 반열(班列)에도 올랐던가

태양이 뜨거워지면 길가에
쥐똥나무꽃이 피는 계절

열매가 그 자들의 똥과 비슷했다고
그리 이름을 지었을라나
쥐똥나무꽃 향기는 감미롭다

—

애완이란 장난감 같은 것이었다가 반려라는 것은 마치 반쪽이라도 되는 것인지, 사람들이 인격이 그만큼 성숙된 소치일까요? 하지만 외롭다는 것은 피할 수 없는 사실이겠네요.
사람과의 관계는 상대적이니 상처를 주고받기도 하는 거지만, 개나 고양이는 그와는 다른 관계이기도 할 거니까요.
예전 시골집에 쥐들은 사람들과 아주 상극이었지만 물리적으로 가깝게 살았었지요. 울타리처럼 자라는 쥐똥나무에서 피는 꽃은 작지만 향기는 감미롭다는 것이네요.

떠나는 것들

영 만나지 못할 두 갈래 길처럼
왔다가 또 다시 떠나가는 계절
가고서야 또 오는 것들은
한 번도 만나지 못한 채
그렇게 엇갈려갔다
정월 벽두부터 창궐한 역병은
그침이 없이 민서(民庶)들의
삶을 옥죄이고
겨우 할 수 있는 건
너는 어느 편이냔 게
익숙한 듯 가파른 벼랑 위
칼춤을 추듯 비틀거리는 군상들

흔들리며 안간힘을 쓰듯
양지 껏 산뽕나무 한 가지에
남아있던 이파리들

새벽 무서리에 바람이 되듯

때가 되면 빈자리 남겨놓고 떠나야 할 것인데
언제나 그 자리에 있을 듯
그러니 가고야 오는 것들은 엇갈리듯
한 번도 만날 수 없었던 거다

—

떠나야 오는 게 있다면 그것이 계절일 수도 있을라나요.
'가 버렸으면' 하고 간절히 바라지만 떠나지 않는 것, '코로나'라는 역병 때문에 우리 삶은 한없이 흔들리고. 민서(民庶)라는 말은 얼마 전에 고인이 되신 김성동 작가님이 바르다고 쓰시던 말이었지요. 정치라는 게 마치 상대의 흠을 들추고 나의 과오는 무조건 부정하고 막아야 하는 일처럼.
오 헨리의 단편소설 '마지막 잎새'처럼 무엇이든 누군가든 언젠가는 떠나야 하는 것이지만 우리는 그것을 예측하기가 쉽지는 않지요.

마라도나

개인의 힘만으로 축구경기를 이기는 것은 불가한 것
하지만 그것을 가능케 하는 자가 있었으니 마라도나였다

그와 같은 또래였으니 그랬을까
축구선수도 꿈꾸었던 건
학교운동장이 가까운 집 아이들이 얼마나 부러웠던지
작은 고무공만으로도 겨울날이면
앙상한 가지에 매달린 플라타너스
열매만으로도 한나절이
금새 지나갔던 시절이 있었다

넌 짧아서 안돼
뭐야 레프트윙 김진국도 있자나
학창시절에도 군대시절에도
주구장창 혼자 몰고 댕긴다고
줘 터지거나 욕이나 쳐 들었던 건

그의 그림자도 따라갈 수 없었다
천재에서 신의 경지까지
마구잡이로 흔들리고 추락했던 건
축구공이 둥근 이유였을까
한때 나의 우상이었던 친구여 잘가라
훗날 거기서 만나면 축구 한 번 차자꾸나

—

남자들은 모이면 군대 이야기며 군대에서 축구한 이야기를 한다지요. 강렬한 추억으로 공유한 것들에 대한 보상심리 같은 회상이겠지요. 국제경기야 관심을 갖고 중계방송을 보기도 했지만 펠레나 마라도나도 마찬가지, 어려서 축구선수가 되고 싶었던 거네요.

뒤웅박

그대들은 그대들의 법을 쓰게
나는 나름대로 내 삶을
이루겠노라

아비를 아버지라 부르지
못했던 홍길동 씨 이야기
그는 길동 씨를 통해
자유인을 꿈꾸었던 것일까
그가 외웠거나 옮겨 적어 펴낸
누이 난설헌의 시집은
당시의 한류인 양 중국 땅에서나
이름을 냈던 불우했던 여류시인이었는데
건넛마을 출신 한 여성은
자식의 출세로 고액권의 모델이
되었으니 뒤웅박 팔자인 게지
길동 씨를 통해 그가 꿈꾸었던

율도국은 여전히 닿지 못한 땅이 아니던가
지리산 문수골에 숨어든 도사님

언젠가 부친께서 하신 말씀이었다는
정치 그건 추잡한 것이었더라고

—

'정치가 모든 것은 아니지만 모든 것은 정치적이다'라는 말은 인간의 모든 언행 속에는 뭔가 방향성, 목적성이 있다는 말일까요?
왕조시대에는 반상의 구분이 명확했지만, 양반이라는 자들은 자신들의 권리만 추구했지 공동체를 위한 그들의 역할에는 등한시했던 것 같아요.
여성으로서 제약이 많았겠지만 특출한 문재(文才)를 펼치지 못하고 비운에 간 여인과 아들이 출세하여 현모양처의 전형처럼 고액권의 모델이 되신 분의 팔자를 생각해보게 되네요.

말벌

저 벌집 좀 따 주세요 달달한 꿀맛 좀 보게
저건 말벌집인데 말벌들은 꿀을 모으지 않아요

나무속을 갉아 종이를 만들어내듯 작은 입으로
물어 올린 나무속질을 잘근잘근 침으로 뭉게
층층이 육아방을 들였더니
나뭇잎 그늘 지운 날
덩그러니 집 하나 매달아놓고 다들 떠나버렸다
여왕벌만 그루터기 속 은신 후대를 도모할 뿐

말벌들이 애써 꿀을 모으지
않는 건 훔쳐 먹는 재미가 있었던 거다
훔친 꿀을 먹고 묻힌 독침은
일격으로 치명이었으니 꽃에서 딴 꿀은 소용이 없었다
세상이 그랬다
무엇이든 훔쳐 먹는 재미가 들린 자들은

저마다 독침을 가지게 되었던 거다

—

말벌들은 꿀을 저장하지는 않는 거네요. 처음 알았어요. 석청이니 목청이니 이것들은 꿀을 모으는 토종벌이었고. 말벌집의 재료는 마치 펄프처럼 나무속을 갉아 침으로 뭉게 만든 거라면 대단한 공력이 들어간 거네요.

그리고 한봉이나 양봉들의 꿀을 훔쳐 먹는 것이었고.

정말 그런 것 같아요, 훔쳐 먹는 재미가 들린 것들은 사람이든 벌이든 저마다 독침을 가졌을 거라는.

탱자

노랗게 익은 탱자를 보면
옛 친구를 만나듯 반가워
손에 들고 코끝에 문지르면
시큼한 향에 옛 모습도 스미어온다
고향집 부뚜막 위 언제나 한자리를
차지하던 초두루미 옹기 하나
먹다 남긴 막걸리가 삭아가던
좁은 옹기 목 솔잎 사이로
시큼한 식초내음이 나고 들었다
처음 조미료가 식초였다니
그렇게 오래된 맛이었는데
이제는 양조나 빙초산인 거지

무생채가 제 맛인 계절인데
그 맛이 나지 않는 게
입맛이 변한 건가 두리번거렸던가

옛 맛을 더듬는 눈치 없는
지아비의 구린 모습이나 보인다
이제는 사내도 음식을 버무릴 수
있어야 하는 시절인데 하면서도 쉽게 손이
가지 않는 거니 식초 탓이나 해보는 거다

—

어린 시절엔 탱자나무 생울타리가 많아 가을이면 노란 탱자가 익어가곤 했는데, 이제 탱자나무는 쉽게 볼 수 없는 풍경이 되었네요.
탱자나무에 달린 까칠한 듯 가시는 무슨 의미일까요. 꽃을 숨기고, 탱자도 숨기듯 챙기는 것이었을까요? 탱자를 보는 게 쉽지 않기에 가을날에 탱자나무를 보면 그 밑을 두리번거리고 그 시큼한 향기를 맡아보게 되지요.
예전의 부뚜막 위에는 막걸리로 식초를 만들기 위한 초두루미가 있었지요. 요즘에는 양조식초가 일반화되었고요.
가을무가 맛있으니 무생채가 맛난 계절이지요. 오늘은 무생채를 만들어봐야겠네요.

밥은 똥이 되고

해가 숨어들어야 달이 건너오고
긴 겨울을 건너야 보리꽃이 피었던 건
대지의 순환의 고리를 잇는 기운의
조화로움이었을 터
대지에 발을 딛고 사는
모든 것들도 그 순환의 고리를
건너가던 시절이 있었다

히말라야 설산이 올려다보이던
네팔 난두룩 마을의 열다섯 소녀가
맨손으로 물소 똥을 거름으로 뿌리던 모습이
경건을 이루었던 건
밥이 똥이 되고 똥이 밥으로도
돌아왔던 순환의 고리 자체였다
뒤꼍 장꽝에서 장이 익어가듯
거름으로 익어가던 뒷간이 있던

그 시절은 잊힌 옛 모습이려니
후미진 곳에서 집안으로 들어올려니

화장실로 이름을 바꾸었지만
물로 흘려버려야 할 것이 되면서
순환은 단절되었고 정서도
후대도 단절되어가는 듯

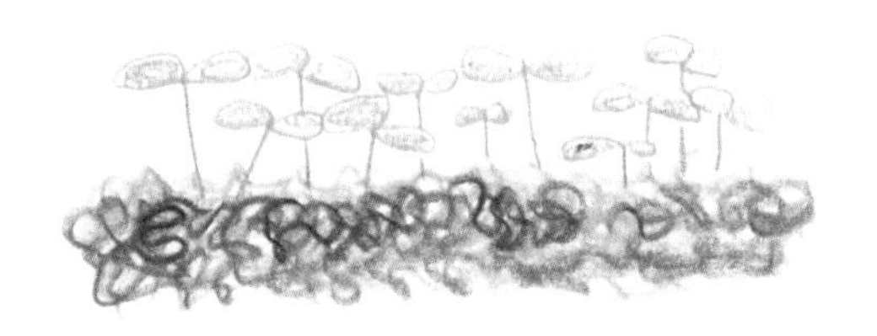

—

안나푸르나를 올려다보러 갔을 때 목격한 장면이군요.
'안나푸르나 7일'에 나왔던 이야기, 인간이 대지의 주인이 아니라 한 일원일 뿐인데 그동안 오만했던 것인지, 아니면 욕망에 찌들거나 편리함의 함정에 빠진 것이었는지.
순환이 정지되었다는 것만이 아니라 노동의 신성함을 스스로 박탈한 듯 우리의 삶은 자꾸만 비루해지는 듯해요. 혼인은 물론 아이를 갖지 않는 것도 마찬가지인 듯. 좀 더 우리 자신을 성찰하고 세대차이라는 함정을 극복해가는 지혜가 필요한 듯해요.

소나무

가을이 떠난 대지에 묵은 솔잎들이 주저앉았다
군시럽던 봄날이면 송충이를 잡아주었고 청미래덩굴 열매가
붉어지던 때 바람에 날려간 씨앗을 담아두웠던 솔방울 한 자루씩
주어 조개탄 창고 한구탱이 채워두었다
산림감수 눈을 피해 생솔가지 한 다발 산내끼로 멜빵을 걸어
지고 내려온 겨울날이면 이른 저녁 매캐한 연기가 문풍지
떨어대던 방안까지 스며들고 방구들이 뜨끈한 날이 있었다

이제는 키 큰 소나무들 산에나 사는 게 심심하다며
대처 길거리며 아파트단지 안으로도 찾아들었을까
가을이 떠난 자리 주저앉아 밟히는 묵은 솔잎에서
싸한 바람이 인다

—

이제 산은 숲으로 다가오지만 어린 시절엔 대부분 민둥산이었지요.

밥을 짓든 난방을 하든 대부분이 산에서 자라던 나무나 억새 등의 풀을 주재료로 했기 때문일 거여요. 키 작은 소나무들이 듬성듬성 서 있던, 소나무는 이 땅의 나무였지요. 우리가 살아온 삶의 모습처럼.

그랬어요. 예전에는 조개탄을 가지고 교실 난방을 했던 시절, 그 불쏘시개용으로 솔방울 한 자루씩을 주워 학교에 내던 시절이 있었지요.

이제는 키 큰 소나무들이 도시의 아파트단지와 공원의 조경을 위해 불려나오는 모습이 그리 좋아 보이지는 않는 것 같아요.

늦가을 바람이 불면 우수수 떨어지는 솔잎들에게서 이는 바람소리도 들어보아야겠어요.

오래된 미래

과거는 오래된 미래였다고
그 해 여름 황량한 고비사막을
달리며 오래된 미래를 보았던 거다
오란씨 환타가 과거라면
페트병에 담긴 생수는
생소한 미래였듯이
공기청정기가 멀지 않은
과거라면 청정지역산 산소통은
또 다른 미래인 거다

느렸거나 불편했던 과거는
빨리빨리 편리함으로
미래는 늘 달콤하기만 했을까
그럴 수만은 없던 건
인지가 상정인 것을
과거를 또 씁쓸하게

희구하던 게 아니겠는가
불타는 초록은 사막으로 번져가고

백곰은 동토를 잃고 쓰레기차를
쫓는 모습으로 황량한 사막에서
오래된 미래를 보았던 거다
미래는 오래된 과거로 또 달려가듯이

—

오래된 미래로 시작하는 그 책을 보았을 때 공감하는 바가 많았어요.
인간이 누리는 최고의 물질문명을 향유하는 행운의 시대를 살아가는 듯하지만 어쩌면 우리는 우리가 살아가는 대지를 파괴하는 주범이 아닌가 싶기도 해요.
초원은 점점 사막화되어가고 북극의 빙하가 녹아내리면서 백곰들은 생존할 터전을 잃어 쓰레기차를 쫓는 사진은 충격적이었어요.
끝없는 욕망을 쫓는 인간의 한계이듯 우리의 미래는 정말 오래된 과거로 또 달려가는 것일까요?

나를 슬프게 하는 것들

노란 은행잎들이 떨어져
모여든 곳에 만추의 갈볕이 포근했던 날
날이 저물고 구월 스무날 하현달을 기다리며
안톤 슈낙의 우리를 슬프게
하는 것들을 소리내어 읽었다
이윽고 달이 오르고
나를 슬프게 하는 것들도 주섬거려 본다

2년 전에 사려던 아파트를 사지 못했다고 만날 적마다
후회하며 분통을 터트리는 내 친구가 나를 슬프게 하고
눈치를 살피듯 하고 싶은 말을 삼키며 마음에 없는 말을 하는 표
정이 읽힐 때도 골목대장놀이를 하는 건지 알 만한 자들이 부하
인지 아닌지로 언성을 높일 때도
대체로 나를 슬프게 한다
지난 늦여름 손톱에 물들인 봉숭아 붉은빛이 밀려나가며
지는 것이 나를 또 슬프게 한다

—

'울음 우는 아이들은 우리를 슬프게 한다. 정원 한편 구석에서 발견된 작은 새의 시체 위에 초추(初秋)의 양광(陽光)이 떨어져 있을 때, 대체로 가을은 우리를 슬프게 한다.'

이맘때면 생각나는 글, 안톤 슈낙의 '우리를 슬프게 하는 것들'의 시작이네요.

슬픔은 때로 영혼을 정화시키는 기능을 가지고 있기도 하지요.

아파트 값이 다락같이 오르면서 집 때문에 많은 사람들이 희비가 엇갈리는 안타까운 세태이기도 하지요.

지난 번 사진에서 본 봉숭아물 들인 손톱도 손톱이 자라면서 밀려나가는 듯, 슬프다는 감정은 공감력의 확장임을 생각해봅니다.

지수화풍(地水火風)

복권을 사듯 요행을
바란 적이 많았다
지난 늦은 봄 시들한
고구마 여린 순을
묻으면서도 그랬던 듯
척박한 황토에 뿌리를 내려
주렁주렁 매달리기를 바랐던 거다

찔레꽃도 피던 늦은 봄
묻었던 요행을 캐내던 날
계절의 흔적을 하늘에 새기듯
천수만 간척지에 기러기들이 돌아오고
고구마는 지수화풍(地水火風)을 품었다
잘린 줄기가 흙에 묻히고 어미젖을 빨 듯
물을 머금어 햇빛과 바람을 들였던 거다
어릴 적 나를 키운 것의 삼 할쯤은

고구마였듯 내 육신도 그러했을 터
이순(耳順)이라더니 어림도 없는 것은

섭생(攝生)의 이치도 깨치지 못했음을
고구마를 품었던 흙은 부드럽고
가을햇살은 따사로운데

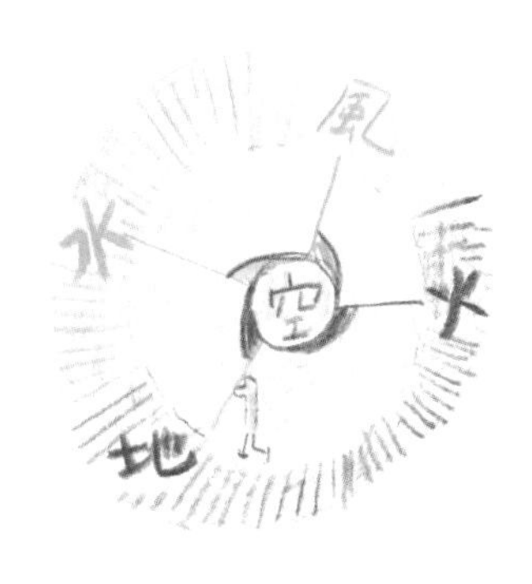

—

시들거리는 고구마순을 땅에 묻으면 고구가가 달릴 거라는 것, 그것이 요행이었더라고 말하는 거네요. 그렇게 생각하면 모든 게 감사할 듯, 지수화풍(地水火風)이라는 말이 단순히 존재하는 상태를 말하는가 했는데 그게 아닌 거네요.
사람의 육신까지도 포함하는 것이고 더불어 일체 만물을 구성하는 네 가지 기본 요소로서, 사대(四大)라고도 한다는 것.
불교에서는 우주 만물은 이 지수화풍의 이합 · 집산으로 생겨나기도 하고 없어지기도 한다는 것을 말한다는 것도, 땅(地)은 굳고 단단한 성질을 바탕으로 하여 만물을 실을 수 있고 또한 재료가 되며, 물(水)은 습윤을 성질로 하여 만물을 포용하고 조화하여 성장시키는 바탕이 되고, 바람(風)은 움직이는 것을 성질로 하여 만물을 키우는 바탕이니 사람의 육체도 죽으면 다시 지수화풍으로 흩어지게 된다고 말하네요. 그러니 죽음을 사람의 육신이 지수화풍 사대로 흩어지는 것일 뿐 결코 슬퍼할 일이 아니라고 한다는 것도, 여기에서 생사해탈 사상이 등장한다는 것도.

토란(土卵)

시들어가는 갈볕에 비어가는
들판을 바라보며
문득 옛일처럼 돌아다 본 것은
지난 봄날이었을까
우물에 다녀오는 여인의
또아리 위 자배기에 잘름거리듯
푸르스름 번지던 빛과
달큰했던 찔레꽃 향기

헛간을 둥글어 다니듯
토란을 묻어주어야지
칠월 한 낮 소나기에 초록빛
우산을 펼쳐들 듯 막연한 권태
산맥처럼 푸른 잎맥에
구르던 물방울은 둘이 될 수
없을 듯 절대적 고독의 고립

손대면 이내 뿌리치듯
굴러지고야 마는 허망한 몸짓

그리움을 토란(土卵)처럼 묻어두고
쫓기듯 달아나는 계절
지난봄을 그리워하는 건지
겨울을 건너 다시 맞은
봄을 기다리던지

—

행간의 이야기에 사계절이 고스란히 담겨있네요. 집안에 들여놓았지만 마무리를 하지 않으면 버려지듯 굴러다니게 되는 토란을 달큰했던 찔레꽃 피던 시절에 묻어주었던 모양이네요.
넓은 초록 잎 속에 물방울이 흘러내리고 물방울은 둘이 될 수 없을 듯 하나로만 이루어지는 절대적 고립 내지는 합일이기도 할까요?

좀작살나무

권력을 탐하는 것은 직성이었고
효율성은 포장된 탐욕이었듯
색다름은 회피와 경멸이었을 뿐
인간의 역사는 비극이었던 거다
흰 향유고래 모비딕은
직성과 탐욕이 넘실거리는
비극성의 바다에서 작살을 기다리는
기다릴 수밖에 없던 자연의 한 조각이었다

작살내겠다며 작살을 든
너와 나의 모습이었을까
홍진(紅塵)에 흐린 눈을 부비며
저무는 햇살에 오늘도
무딘 작살을 들고
누구를 무엇을 기다리던가
작살나무 좀작살나무

열매가 여무는 계절 자주(紫朱) 보랏빛구슬이

슬프도록 영롱한 것을

—

모비딕은 어마어마하게 크고 희귀한 흰 향유고래에 대한 이야기이지요. 보통 사람들이 고래에 대해서 잘 모르는 게 당연하지만 이야기 속에 그 습성이 수면 위로 드러나도록 거대한 고래와의 싸움을 시작하던가요.

근데 왜 보라색의 예쁜 열매를 매다는 나무를 작살나무라 하였을까요? 마음속의 평화를 간구해보는 아침입니다.

뚱딴지

어릴 적 별명이 돼지감자였다
얼굴은 마른버짐이 창백했고
머리엔 기계총이 기어다녔다
장딴지며 팔뚝에는 꼬무락지가
장마철 물웅덩이처럼 파여있었는데
두 달이나 기성회비를 밀렸다고
복도에서 엎드려뻗치는 벌을 서다가
가을소풍날에도 오지 않았다
사는 게 그런 시절이었대도
지나가는 그도 그냥 지나치던
이 맛도 저 맛도 아닌 게 돼지감자였다

누구시더라 얀마 나 돼지감자야 건네준 명함에는
돼지감자가 무색하게 대표이사였다
그를 만나고 돌아서던 길
돼지감자꽃 뚱딴지같이

노란 꽃잎에 가을햇살을 흔들며
큰 키가 멀대같이 서 있었다

—

돼지감자꽃은 아는데 그 알뿌리라고 해야 하나, 덩이줄기를 먹어본 적이 없어요. 당연히 그 맛이 무엇인지도 모르겠어요.
가파른 고개를 넘듯 보릿고개를 넘던 시절엔 아이들의 몸에 피부질환이 생겨났던 것 같아요. 제대로 치료할 약도 없었고. 정말 그런 별명을 가졌던 친구가 있었을까요.
오랜 친구를 만나서도 자신의 부끄러웠던 과거의 별명을 편하게 노출할 정도로 여유로운 친구의 모습이 가을볕을 받는 꽃처럼 행복해 보이네요. 척박한 곳에 자라지만 예쁘게 피어나는 뚱딴지꽃처럼요.

꽃들은 다 어디갔대유

꽃바람 섬진강을 건넌다는
기별을 받고 구례 산동골에
갔던 지난 봄날
꽃들은 보이지 않았다
돌담 아래 옹기종기 모여앉아
종그락에 애쑥을 다듬던
등결처럼 늙어간 여인에게
말품이나 팔았다
꽃들이 다 어디갔대유
산수유는 꽃으로 피는 게 아녀
사방천지 빛으로 번져간당께

갈바람 지리산을 내려온다고
구례 오미리 운조루에 갔던 날
9대종부는 문간 평상에 앉아
일찍이 삭은 어금니에

산수유씨앗을 발라내고 있었다
씨앗 빠진 산수유도
붉은 빛이 참 곱네요
시집왔던 그때는 나도 이 열매처럼 고왔제
평생 일만 하고 살았어
이젠 어금니처럼 다 삭았당께
세월은 한 때 빛이었다가 씨앗 빠져
쭈글거리듯 또 저무는 것이었다

—

꽃이든 사람이든 인연의 씨앗을 심어두는 건 삶에서 참 소중한 일 같아요. 물론 가꾸는 노력도 있어야겠지요.
철따라 꽃들을 보러 다니며 사람들도 만나고 그 풍경을 읊기도 하니 부럽기도 하지만 곁에 있는 듯 나도 고마운 것도 사실이지요.
빛나던 청춘이었다 하듯이 한때는 빛이었는데 산수유의 바알간 열매가 씨앗이 빠져나가면 쭈글거리듯이 우리네 삶도 저무는 것이겠지만.

화살나무

적진으로 날아가지 못하고

제 속을 파고들 듯

가지마다 촉을 올렸을까

잎새가 저리 붉은 건

살아간다는 건 그리워한다는 건

속을 다 내보일 수 없었기에

무서리에 떠나려는 바람이 일듯

숨겨진 날카로운 촉을 내보여야지

뜨거워 붉어진 마음이었듯

사월이어도 잊은 듯 홑잎나물을

따러갔을 때 오래된 그리움

손끝에 푸른 물이 배어들었다

적군을 향해 날아가지 못한

화살은 제 몸에 굳어버린 채

더 이상 분지르지 말라는 듯

날카로운 날개를 매달고
내 그리움의 손등을 할퀴었다

차마 던져내지 못한 말들도
내 안에서 날개가 되었을까
전하지 못한 말들이었을 듯
갈볕에 화살나무
저리 붉어지는 건

—

찾아보니 조경수로 가로변이나 공원에 심어지는 화살나무를 홑잎나물이라고도 하네요. 엄나무나 두릅처럼 맛난 잎을 가지고 있으니 화살에 붙인 듯 떨기를 몸에 붙이고 있고, 가을이면 산에 가지 않아도 가까운 곳에서 볼 수 있는 화살나무의 단풍은 바람에 흔들리지 않으면서도 아름다운 듯.

꽃향유꽃

시들어가는 갈볕에

낯을 붉히며 익어가는 것들

비어가는 들녘으로 아침안개가

찾아들고 차가워진 강물엔

물안개가 피어오른다

노란 들국화 벌들을 불러내고

산골짝 마을 돌담에 꽃을 피운

호박순은 무서리에 시들고 마는데

작은 들풀들까지

흔적으로 남겨두고 갈

씨앗을 여물리는 계절

가을 끝물에 지순한

사랑을 꿈꾸었던 것일까

보랏빛 촛불을 밝힌 듯

꽃향유 그 이름만으로도 향기롭다

이별을 고하고 떠나고자
하는 연인에게서
향기가 스친다면
또 다른 사랑을 꿈꾸었던 것일까
이 가을의 이별도 부디 향기롭기를

—

가을은 들꽃 피는 계절이기도 하지요. 봄여름에 피어나기는 하지만 가을은 한해살이 들풀들이 꽃을 피우고 씨앗을 남기고 죽어가는 계절인 거지요. 가을에 피는 들꽃들 중에 꽃향유는 가장 늦게 피는 꽃 같아요. 이름 그대로 향기 나는 기름이 꽃 속에 들어있을까요? 이별을 고하고 떠나는 연인에게서 향기가 스친다면 또 다른 사랑을 꿈꾸는 것이라니, 이 가을의 이별도 그랬으면 좋겠네요.

억새꽃

지금 어디여요?

오서산 억새밭이야

팔자도 좋네요

가을걷이도 없을 억새밭을 일부러 오르다니

말라가는 풀냄새에 출렁이듯

흔들리며 푸른 하늘로

피어오르는 능선의 은빛물결들

홀로 외로이 흔들리는 건

쓸쓸하고 위태롭지만

손에 손잡고 어깨를 기대듯

억새꽃 무리지어 흔들릴 때

지상에서 가장 화려한

군무의 모습이려나

백년을 살다 갈 듯 억세게

피었다가 철 지나면 바스라져

한 줌의 흙으로 돌아가더라고

시인이 곁에 있다면 울며 내려가겠소
올라올 때 독배 토굴새우젓이나
한 통 사오시구려

—

가을의 꽃이 국화라지만 사람들의 눈길이 드물거나 스치듯 지나가는 곳에 억새꽃은 또 얼마나 피어나던가요. 정선의 민둥산이나 철원의 명성산, 화왕산 등의 억새군락이 유명하다는데 명성산을 제외하곤 아직 가보지 못했어요.

시인님의 고향 근처, 광천에 있는 오서산도 산 정상에 무리지어 억새꽃이 피었다는 거네요. 역시 억새는 물결을 이루듯 무리지어 피기 때문에 제멋인 듯해요. 억세게 피었다가 봄이 되면 한줌 거름이나 되려나, 순환의 또 다른 말은 영속성일 거여요.
산 아래 마을 광천은 새우젓이 또 유명하지요. 김장철이니 새우젓이 필요하겠네요.

킬리만자로의 눈

만년설이 다 녹아내리기 전에
그 산정에 오르겠다며
삼 년짜리 적금을 붓기 시작했을 때
얼룩말 무리와 세렝게티초원을 달리는
꿈을 꾸기 시작했다
왜 그 높은 곳까지 올라갔던지
산정 부근 얼어 말라붙은 표범의
잊혀져가던 이야기도
노래로 흥얼거렸던가
남아있는 달을 다 채우기도 전에
적금을 깨버려야 했을 때
멀찍이 보면 낭만이었던 게
가까이 온 지독한 슬픔이었다는

땅은 신에게서 받은 선물이었다고
땅을 갈거나 심지어는 우물도 파지 않는다니

목축으로 사는 마사이족 마을에서 원색적으로
한 달만 살아볼 수 있을까
뜨거운 대지에서 엉겨드는 권태는 또 어떤 모습일까
킬리만자로의 눈이 아니라 숲은 태우는 불길이라니 멀찍이 보이던 건 우울한 열기였고 가까이 온 것은 그리움이었다

—

헤밍웨이의 '킬리만자로의 눈'이라는 소설이 시를 만들 듯 노랫말을 만든 이의 손길에 '킬리만자로의 표범'으로 돌아왔던 거네요.
킬리만자로에 가고 싶었던 꿈이었던 듯, 그래요 멀찍이 보면 낭만이었지만 가까이 온 지독한 슬픔이었다는 것.
전사들의 땅에 그런 전설이 있었던 거네요.
최근 사막화로 불길에 초원이 타들어간다는 뉴스를 본 것 같아요.
그래도 한번은 다녀오셔야겠네요.

바람개비

바람개비가 돌지 않으면
앞으로 달려 나가야 했다
바람은 눈에 보이지 않았으나
살아있는 듯 세상을 휘저었다
순리는 바람의 방향을
찾아가는 주인이었고
무리는 바람의 뒤를 따르는
욕망의 종이었던 듯
떠도는 바람 때문에 자빠졌다고
세상을 원망하곤 했지만
대개는 안에서 불러들인 바람이었다

바람을 기다려야 하는 숙명으로
바람개비 서 있는 언덕
태양을 탐하던 해바라기
촘촘하게 검은 흔적을 박아두었고

둥근 구절초꽃이
가을바람을 불러냈겠지
바람은 또 어디로 가는 건가
망개나무열매 뽀얀 살이 오르고
굴참나무 깍지를 뛰쳐나온 도토리들
떠날 곳을 두리번거리는
암자로 가는 저문 오솔길
잊어버리자고 그까짓 인연은
까맣게 지워버리자고 했지만
연필로 쓴 게 아닌 타투처럼
살갗으로도 배든 그리움이
돌부리처럼 발길에 차이곤 했다

저녁예불 범종소리가 빈 가슴에
달빛 내린 호수처럼 흔들리며
풍경소리 달아나는 요사체 앞 뜨락에
구절초꽃들 뽀얗게 웃어 보이는 게
꽃피고 지는 게 그까짓 거
다 시절인연이었더라고

—

대지는 바람에 의해 익어가는 듯 사람은 마음에 이는 바람에 의해 방향을 정해 몸을 움직여 나가기도 하는 거지요. 움직여간다는 것은 순리가 있고 무리가 있다는 것, 일이 잘못되면 이유를 찾듯 타인의 바람 때문이었다고도 하지요.
바람개비는 바람을 기다리는 게 숙명이란 거네요.
단아하다고 해야 하나, 절집 정원에서 보았던 구절초꽃이 돌아왔어요. 일상은 갈등과 번민이 오고 가지만 이 또한 꽃피고 지는 듯 시절인연이라는 것도.

백일홍

꽃이 피어 열흘 붉기가
어렵다는 말은 권력의
부질없음을 이르기 위한 것
옛말 그른 게 없던 거다
백일동안 핀다던 木백일홍도
피고 지고 또 피어서
백일의 붉음이었던가
절 마당 초추(初秋)의 낙화가
갈별에 애절한데

영원한 게 무엇일려나
정의를 소리치는 찰나
그 날선 칼날이 무뎌져
제 몸으로 돌아설 것을
저 너머 짙푸른 하늘은
깊은 심연으로 피안이었을까

삶은 또 비루해지고

가을만 또 깊어지는 것을

—

그랬을까요? 꽃이라는 게 피었다 지는 게 순리라면 그 말이 일리가 있는 듯, 나무백일홍꽃도 한 번 피어서 백일까지 가는 게 아니라 피고 지고 하면서 백일이나 간다는 의미였다는 것을.
새로운 정권이 출범하면서 과거에서 탈피한다고 강조하곤 하지만, 그 소리가 더 크다면 그네들도 그런 결과를 만들어낸다는 것, 그랬어요. 누군가의 허물을 집어 손가락으로 던지려 한다면 다시 돌아온다는 것을 의미하는 듯하네요.

지금 가을은 어디쯤일까

누렇게 익어가는
가을들판을 바라보며
가난했던 젊은 시절
논 한 배미도 갖지 못했던
늙은 아버지는 그렇게 말했을까
벼이삭만 봐도 푸짐하다고

한가위를 지난 하현달이
새벽이어도 뻔뻔한데
긴 옷을 꺼내 입었다
나이만큼 반복된 일상인데
낯선 거부감이 생경스럽다
그랬구나
장마와 더위 속 여름을 건넌
기쁨이 소슬해지는 바람처럼 달콤했는데
좋은 세월 다 갔다며

아쉬워하던 엄마의 넋두리가 돌아나온다
지금 가을은 어디쯤일까

—

가을은 오는 듯 늘 아쉽게 또 가곤 했지요.
벼가 익어가는 들판을 바라보며 그런 말씀을 하셨을까요?
농경사회를 살아온 세대의 모습이라고 해야 하나, 이제 젊은 세대들은 그런 말에 공감할 수 없는 현실이고요.
계절이 바뀌면서 옷을 갈아입어야 하는 변화와 마주선 느낌이라고 해야 하나.
나도 그런 말을 들은 기억이 있는 게, 여름이 지나 찬바람이 불면 마음껏 활동하던 여름날을 아쉬워하던 마음을 어머니는 말씀하시곤 했어요.

취꽃

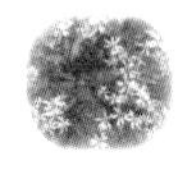

들길을 가다 거미줄이 걸린 앞을
보고 머리를 수그려야 했는데
찐득한 거미줄에 얼굴을 긁히고서야
거미의 분노한 표정도 보려 했을까
물살에 부푼 그물처럼 팽팽했던
공중에 걸린 그물이 구겨지고
복구의 가망도 절망이었을 터

가야 할 길을 가면서 찐득한
거미줄의 흔적을 지워내기에
급급했을 뿐
당장 거미의 저녁때꺼리
걱정은 역시 남의 일이었다
산 입에 거미줄 치랴는 옛말
역시 거미들에게 기분 나쁜
말인 것은 살아있는 자라면

무엇이든 입에 들어갈 게
있는 거라면서 거미의 생존을
위한 작업장을 빗대었기
때문이었을 터
앞을 잘 살펴야 하는 이유 중
하나가 거기 또 있었다

아침끼니는 걸러들었니
이슬에 젖은 아침 산길을 내려가며
순찰을 나온 듯 거미에게 물었다
요즘 경기가 최악이야
코로나에다 긴 장마
태풍은 또 어땠구
작업장을 복구하는데 꼬박
이틀이나 걸렸다니까
고기 맛을 본 지가 언젠지
모르겠어
요즘 아침은 간단히
취꽃 향기로 때우기도 해
취꽃이 피면서 줄을 걸었거든

거미야 너도 아는 시인인지 모르겠는데 그런 말을 했어
산다는 것이나 시를 쓴다는 것도
너처럼 허공에 줄을 매 오르는 것이라고
그래 유명한 시인이라면 맞는 말을 했겠지
하지만 유명하다면 분명 권력을 가졌을 거야 권력은 내가 아침으로 소박하게 간단히 먹는 취꽃 향기와는 다른 것일 것처럼
나는 오늘밤도 꿈을 꿀 거야 잠자리라도 한 마리 걸려들기를

—

낭만이 있는 거미네요. 허공에 촘촘히 줄을 거는 모습이 참 오묘해요.

취나물도 좋아하는데 취꽃을 챙겨보지는 못했어요. 거미가 줄을 거는 것만큼 사는 게 그러려나요.

정치뿐만이 아닌 모든 분야에서도 마찬가지로 유명하다는 것은 권력과 또 상관이 있는 거지요.

광천장에서

줄줄이 자식들 키워 떠나보냈고
사촌처럼 지내던 이웃들도
돌아오지 못할 먼 길을 떠나곤 했다
해마다 제비가 집을 짓고
새끼를 쳐 작별인사도 없이
떠나가곤 했고
생색내듯 손님처럼 다녀가는
자식들 손에 공들여 키운
채소며 곡식도 떠나보냈다

말동무 이우지 노인들
떠난다는 말도 없이 먼 길 떠나는 시절
평생을 떠나보내는 것에
익숙해진 것일려나
텅 빈 장마당에
전을 펼쳐놓고 딴전을 피운다

벌초길에 들른 새우젓내 가득한
광천장에서 내 어머니 같은
여인에게서 새우젓 한 종지나 사든다

—

이제 시골마을엔 노인들만 사는 마을이 된 듯.
서른 즈음에 김광석의 노래처럼 그분들은 날마다 이별하고 있던 것은 아니었던지요.
그래도 곁에서 평생 말동무하던 이웃들이 저 세상으로 떠나는 이별은 더 슬픈 일이겠지요.
벌초하러 갔다가 고향 광천장에 갔던 길이었네요.
고향이라는 추억 속의 공간에서 장날의 풍경이 없다면 얼마나 쓸쓸했을까요?

채반의 가을날

가을바람은 이웃집 감나무에
홍시를 만들어 흔들었다
새벽이면 그 집 아이와 마주치지
않으려고 조바심으로 집을
나섰지만 홍시를 주워들고서야
마주치면 손이 참 난감했던 시절

헛간 시렁에 걸려있던
소쿠리며 채반은 가을바람을
허틀게 보내지 않으려고
또 바빠지곤 했다
애호박이며 가지는 썰고
고구마순 시래기 고추잎
토란대는 삶아서 말리고
대추며 주머니에 채워 나른
도토리도 말리곤 했다

가을바람에 떨어져 구르던

햇밤을 주워 온 길에

동무가 딸려 보낸 애호박 셋

가을바람을 불러들이고 싶었던가

숨겨있던 채반도 모처럼 할 일을

찾아낸 듯 가을바람이 반가웠다

—

채반이란 용기는 예전에는 집집마다 나물이며 곡식을 말리던 것으로 싸리나무나 대나무 껍질을 엮어 만든 것이었지요.
일부러 흔든 게 아니라 떨어진 감이라면 남의 걸 손댔다는 부담도 덜했을 텐데 주인을 만난다면 좀 그랬겠네요.
가을엔 거둔 곡식이며 묵나물을 만들기 위해 채반은 쉴 틈이 없었을 거여요.
공주 정안에 가신다더니 친구네 집에 가서 밤을 주워 왔던 거네요.
친구가 딸려 보낸 애호박을 썰어 채반에 말리니 어머니의 모습도 생각나셨을 듯하네요.

돌팔꽃

꽃이 알을 품으면 돌이 되려나
돌아다보면 아픈 시간들
동지에는 새롭게 무탈을
기원하듯 붉은 팥을 풀고
백일이 지나 돌처럼
단단하게 되었다는 기쁨에
수수팥단자를 돌렸다
저마다의 삶이 조바심으로 다 그랬다

무성하던 초록에 결이 오르고
돌아설 길을 내다보는 시간
저절로 자라면 잡초인 건가
그 유행가 가사처럼 허망한데
돌팥이거나 여우팥꽃 앞에 멈추어
허리를 굽히는 시간
내 안에도 머물 듯 꽃이 핀다

—

콩과의 식물에서 피어나는 꽃은 오밀조밀하다고 해야 하나,
하여튼 우리가 먹는 곡식은 야생에서 자라던 것을 모본으로
품종개량을 한 것이겠지요.
요즘 들에 나가보면 심고 가꾸지 않았어도 자라는 야생팥도 보이더군요.
아기가 태어나 백일이나 돌이 되면 나름의 의식처럼 떡을 돌렸다는 것은 위험한 요인이 많았기 때문이었을 테고. 기다렸다가 팥 열매가 익을 즈음 그 모습도 챙겨보아야겠네요.

싱아꽃

장다리며 유채꽃대 괭이밥
칡이며 싱아의 어린 순도
삘기며 아까시는 꽃으로도
그 봄날의 허기를 메워주던
야한 새순이었고
꽃들은 또 향기로웠다

싱아꽃도 피는 계절
이제는 희미해진 흔적
외딴 상여집 모탱이 돌담불에
이른 봄 피어나던 여린 싱아순
멀지 않은 애장터 소문도 무색하게
돌담불을 헤쳐 싱아순을 꺾던 봄날
가난한 게 씀바귀 잎처럼
쓴 것만도 아니었던 거다

철따라 야생초가 피어나고

한갓 풀이며 꽃 따위도

씹어 삼키던 시절

야생이란 자연에 순응하는 듯

야한 삶이었음을

—

좋아했던 작가 중의 한 분이셨던 박완서 님의 '그 많던 싱아는 누가 다 먹었을까'로 싱아라는 것을 알게 된 것 같아요. 일부 지역에서는 찔레순처럼 식용하였다고도 하는데 그 기억은 없으니. 전후에 황폐화된 대지에서 배고픈 시절을 살았으니 다 그랬겠지요.

우리가 먹은 게 대부분 자연에서 얻는 것이지만 직접 채취하여 먹었던 기억은 자연을 친숙하게 받아들이게 하는 것 같아요.

목화

꽃들은 한 철 한번만 피고 지는 걸
철 지난 장미꽃은
못다 핀 꽃들이 피어나던 것
두 번씩 꽃을 피운다는 건
따뜻하게 품어주겠다는
사랑의 그림자였다
칠월 산밭에 미색으로 피었다가
분홍빛으로 달아오르고는
꽃 진 자리 다래가 풋풋해지면
하곳길에 몰래몰래 입이 즐거웠던 건
그 시절 젊던 엄마의 모습이었다

늦가을 앙상하게 마른 가지
솜꽃으로도 피어 시집가는 누이
이불꽃으로도 피어났던 건
이제는 늙은 엄마의 모습인 거다

뒷간 지린내에 담갔다가
재에도 굴려 목화씨를 묻던
엄마는 이제 봄이 와도 모른 척했다
저무는 묵정밭 빈 목화대처럼
쓸쓸하게 서성이며
손님처럼 다녀갈 아들이나 기다리는 듯

—

목화꽃을 본 지도 참 오래되었네요. 이제는 공원에 관상용으로 심어져 있기도 하니. 초등학교 시절 하굣길에 사내애들과 산밭에서 꽃이 진 자리에 매달린 다래를 따 먹은 적이 있어요. 약간 달큰한 맛, 딱딱한 것은 떫은맛이 나고, 그렇게 매달렸던 다래가 늦가을이 되면 솜꽃으로 피었던 모습, 마른 가지에 피는 솜꽃은 마치 할머니와 같이 따뜻한 모습이었던 것 같아요. 요즘에야 화학섬유로 만든 다양한 이불들이 많지만, 그때만 해도 전부 무거운 솜이불이었으니. 목화씨는 마치 쥐똥처럼 딱딱한 모습이었는데, 소변에 담근 후 재에다 묻혀 뿌려야 했나 보네요. 이제 어머니들은 기억으로만 생각할 뿐이겠지요.

절두산

뱃길을 방비하던 양화진나루

쉼 없는 강물 따라 흘러간 세월

김포로 강화로 먼 바다로 이국땅까지

황포돛배 숱한 짐과 사람이 섞여 흐르던 강은

제2한강교로 강둑으로도 길이 이어졌기에

사공은 울면서 떠났던 나루터는 흔적도 없고

망나니가 목을 치고

칼을 씻던 우물이 합정(蛤井)이었으니

강변의 언덕은 절두산(切頭山)이라네

조상을 무시한다고 양반도 상놈도 없는 거냐고

시작은 서학(西學)이었던 믿음과 바꾼 절두

무엇이 두려웠을라나

조심스럽게 간택한 며느리 민비도

자신의 목을 조였는데

동(東)과 서(西) 유(儒)와 천주(天主)가

한곳에 있음도 깨우치는 게 그랬을라나
강물은 마르지도 않고 흐르는데 먼저 간 이들은 말이 없고

—

양화진이 있던 곳 언덕인 절두산은 알고 있는데, 한 번도 가보지는 못했어요.
김포며 강화도의 물산들이 오고 가고, 먼 외지에서도 사람들도 오고 가던 곳이었겠지요.
절대 권력을 허물 것처럼 임금이며 조상을 무시하고 평등하다는 것이 무서웠겠지만 그렇게나 심하게 억압했다는 게, 참 그러네요. 결국 며느리한테도 무시당하고. 합정이 우물이고 특히나 피 묻은 칼을 씻는 우물이었다니, 세월이 또 무심한 거 같아요.

9월이여

탄저병에 뭉그러져 매달린
고추가 뵈기 싫어
첫물고추 말리는 재미도 없이
고춧대를 뽑아내고
김장배추 모종을 옮겨 심었더니
하루건너 비가 또 두드려댄다

9월이여
익어가는 들판에 뽀송뽀송한
바람을 풀어 놓으소서
인생이야 삶이야
견디기도 하는 것이라지만
자꾸만 굳어지는 절망 속에서
대단치도 않은 일상의 평온으로
되돌아가고 싶다는
희망도 품어지기를

곱돌로 그은 금 밖을

벗어나지 못하듯

편을 가르는 것이

불편한 정의를 세우는 게

결국 자신을 해한다는

아둔함의 소치로 깨달아

아량도 스며들기를

지친 듯 피어나는 풀꽃들처럼

다시 뿌려질 결실도 챙겨질 수 있기를

9월이여

—

어렵게 심은 고추가 긴 여름비에 지쳐 탄저병에 뭉그락거렸으니 가을 고추는 거두지도 못하고 고춧대를 뽑아내신 거네요.
인간의 힘이야 보잘것없는 것이고 마음의 바람이야 피할 수 없는 것.
셋이 모이면 반드시 편이 갈리게 되듯 그런 듯하네요.
인간의 보편적인 성향이 편을 가르는 것이라지만 국민들을 분열시키는 일을 가급적 피해야 할 텐데, 너무 심한 경향이 있는 것 같아요.
지상에 존재하는 모든 만물의 본성처럼 후대를 이어가는 것이라면 다음 세대를 생각하는 정책을 펴고 만들어가야 하겠지요.
오늘은 좀 주제를 넘긴 건가요.

청산은 나를 보고

종교라는 것이 단순했으니

종교가 곧 권력이었던 시절

양주골 회암사지를 다녀왔던 길

조선 초 왕실의 불교숭상문화에

반한 유학자들의 정면충돌이 있었던

역사적 현장이었을까

처음으로 한데 모여진 나라가 되었지만 결국 망하고

새로운 왕조가 들어서던 시공간에서

불력을 필요로 했던 인간을 도와 권력을 휘둘렀고

그 힘에 반하는 세력에 의해 불에 타

역사 속으로 사라진 흔적이 남아있는 곳

새롭게 세워졌던 왕조조차 사라진 지금

주춧돌로만 남아 인간의 탐욕이

부질없음을 말해주는 곳

회암사지터를 돌아 오르면

또 다른 회암사가 있고 그곳에 부도탑들

지공선사 나옹선사 무학대사로 도는 흘러내리고

청산은 나를 보고 말없이 살라하고
창공은 나를 보고 티없이 살라하네는
나옹선사는 선시로 유명하고
태조 이성계에게도 아재개그를 구사했던
돼지 눈에는 돼지만 보이고
부처 눈에는 부처만 보인다는 무학대사도
잘 알겠는데 지공선사는 좀 낯설었다.
일행 중 누군가 그랬다
지하철을 공짜로 타는 경로우대,
지공선사만 알았는데 나옹선사의 스승도 있었다는 것.

—

익숙하지 않은 곳이네요. 부도(浮屠)는 승려의 사리나 유골을 안치한 묘탑(墓塔)을 말하는데 지리산 피아골 연곡사 동부도와 쌍봉사 칠감선사부도탑 등이 유명하다고 알고 있어요.
정치와 종교는 한데 있다가 서로 독립을 이루기도 했지만 정치라는 게 종교에 기대거나 아니면 그 핍박하거나 했던 거네요.
지리산 피아골에 연곡사에 가본 적이 있어요. 절의 모습은 소박한데 돌로 만든 부도탑들은 그런 선사 대사들이 있으셨네요.
지공선사는 아재개그처럼 들어본 것 같아요.

참깨꽃

계절의 경계는 늘 모호했다
마지막 단추를 채우듯
끄트머리 참깨꽃을 피운다

꽃이 진 자리마다 방을 들였지만
내내 빗물에 질척거렸으니
뜨거운 햇살이 영글지 못하고
사랑을 잃은 듯 빈 방

한 철 사랑을 잃은 허방다리 빈 방을 건너
끄트머리 보송한 솜털 피어나는 꽃

—

곡식들의 꽃이 대부분 그렇듯 화려하지 않은 순한 빛이니 참깨꽃은 사람의 눈길을 끌지 못하는데, 지난여름은 끊임없이 내린 비로 깨가 영글지 못했으니 빈방이었을 테지요.

그래도 마지막 순의 꽃을 피우는 모습을 보신 거네요.

결코 여물지 못한 계절처럼.

다시 대흥사를 다녀와서

예서 땅끝이 멀지 않으니 남도 가는 길
산문(山門)을 지난 지 한참인데도
지고 온 삶의 무게는 그대로인데
쫓기던 산짐승이 제 굴을 찾아들 듯
위태로운 세상에서 꼭 꼭
숨어드는 마음이었을 거다
게다 사천왕이 지키는 문도
없으니 마음도 한결 무난했던 게
여름방학이면 다니러 갔던 외갓집처럼
가람도 메도 정겨웠던 거다

수련꽃도 오수에 든 연못을 지나
법당 앞에서 땀방울을 훔치고 서툰
인사를 올리는데 걸머메고 온 삶의 무게와
위대한 세상에서 숨어든 듯
가엾듯 중생을 내려다보시는데

이실을 직고한다며 머뭇거린다
제 속이 자꾸만 시끄럽네요
편평한 듯 둥글진 땅 위에서
그나마 중심을 세워야 하는데
이리저리 끼웃거리며 흔들리거든요

그런 사정이야 다 아신다는 듯
보고 듣는 게 너무 많아서인
알고 있는 체하는 것도
힐끔거리며 찾아보기를 멀리하고
침묵하는 자연과 더 가까워지려고 해야 하는겨
이 여름의 끝을 잡고

—

해남의 시골길을 가듯 산문(山門)이라는 느낌이 묵직하게 다가오는 절집이지요. 대개의 절마다 있는 사천왕상도 없는 게, 좋은 터여서 그런 거라고.
개울물소리를 거슬러 울창한 숲으로 오르는 길도 좋지요.
절집에 가 고해성사를 하듯 하셨으니, 답은 적은 그대로.
화두처럼 또 침묵이 나오는 거네요.

물레방앗간

흐르던 물길을 돌려세워
물레를 돌렸을 때
내리치는 힘이 흘러내렸다
절굿공이가 내려치는 힘은
나락의 껍질을 벗겨냈고
절구-확에서 번져나는 거친 열기는
숨어든 욕망의 껍질도 벗겨냈을까

한 번 흘러간 물은
헝클어진 욕망의 잔해
물레방앗간 들고나는 문은
거적때기였다
고의춤을 여미고 나선
아낙의 집에선 밥 짓는
연기가 피어오르고
세월은 삐걱거리는

물레방아처럼 돌아갔지만

흘러간 것들은 돌아오지 않았다

—

문학작품이나 옛이야기 속에서 등장하는 물레방앗간은 개울물을 따라 만들다 보니 마을과 조금 떨어진 곳에 있기 마련이었고 그러니 마을 사람들을 피해 남녀가 밀회를 즐길 수 있을 공간이었지요.

고의춤을 여미고 나선 아낙이라는 게 무슨 의미인지, 남정네는 빼고 여인의 모습만을 그려주었던지 궁금하네요.

호박같이

호박같이 둥근 세상이라면
뒤로 호박씨를 까든 호박꽃도 꽃이냐며
빈정거리더라도 살 만한 세상일 것 같다

호박같이 설겅거리는 맛이라면
애호박이든 늙은 호박이든 묵나물로도
때마다 제 맛을 낸다면
푸짐해서 달큰한 세상일 것 같다

호박잎은 또 어떤가
뒷간이든 돌담이든 오를
것이라면 넓은 잎으로
푸르게 한 철을 덮고 개떡을 찌거나
한여름 갈치며 비린내를 훑어내기도 하였다가
찬바람 나면 막장에 쌈은
또 제 맛이 아니던가

호박같이 둥근 세상이라면

—

집 가까이에 주로 심는 호박이라는 게 우리의 식생활에서 없어서는 안 될 식자재였네요. 애호박부터 늙은 호박이라는 말 대신 익은 호박까지 다양한 식자재로 활용되지요. 특히 뜨거운 여름철 밀가루 음식에는 빠질 수 없는 먹을거리구요.

늦가을에 애호박을 썰어 말리면 묵나물로도 훌륭하고, 호박잎은 그랬어요. 삭막한 곳도 푸르게 한 철을 덮고 꽃을 피우고 갈치 등 비린 생선을 씻어내는 역할도 해주고 찬바람에 제 맛이 드는 호박잎은 또 어떻구요.

호박같이 둥근 세상이면 참 좋을 것 같네요

모덕사에서

도끼를 들어 목을 내걸고
상소를 올렸다가
우국충절 의병활동까지
대마도로 유배를 가기 전
버선 속 조선 땅의 흙을 채웠던 것은
왜놈들의 땅을 밟지 않겠다는
날선 결기였을 터
당연히 음식조차도 그러했으니
그는 살아서 돌아올 수는 없었다
자주적으로 되찾지 못한
국권의 굴절된 역사를 흔들듯
그 시대를 겪어내지도 못한 자들이
청산의 잣대를 들이대는
혼란스런 현실 속에서
면암의 위패를 모신 모덕사에 갔던 길
꼿꼿한 결기 서린 영정 앞에서

준비해온 질문을 여쭙지도 못했는데

붕어빵에는 붕어가 없듯이 이 땅에서
정의도 자주적이기도 그러하기가 일쑤였다
기우러진 땅 위 나를 바로 세우기는 얼마나 어렵던지
그나마 편을 갈라야 그 편에 기대어 바로 설 수 있으려나
바닥은 언제나 드러날 뿐인 것을

—

모덕사는 잘 몰랐던 곳인데 면암 최익현 선생을 모신 사당이었네요.
위정척사론이라는 말을 다시 꺼내 보았어요. 한마디로 전통을 고수하자는, 나름의 일리가 있는 것이지만 지도층은 썩을 대로 썩은 상태에서 내부 자정은 기대할 수도 없는 거였겠지요.
자주적이기 위해서는 힘이 있어야 하고 그전에 정의를 바탕으로 해야 하는데, 글쎄 작금의 정치 현실은 또 뭐라고 해야 하나.

모덕사(慕德寺)는
'면암의 덕을 흠모한다
[艱虞孔棘慕卿宿德]'라는 구절에서
'모(慕)'자와 '덕(德)'자를 취한 것이다

부처꽃

입 하나 덜겠다는 형편이었던지
사내와 눈 한번 맞춰보지 못하고
열두 살 그 나이에 시집을 갔지
뭘 알 것도 없던 시절
서방이란 게 툭하면 주먹질
모진 시집살이 십 년에
내 집을 나와 남의집살이 십 년
세상이 만만해 출가를 했어

구순(九旬) 비구니와 첩첩한
암자의 텃밭 잡초를 뽑아내며
잠시 돌려세운 세월의 흔적
축축한 풀섶 이건 무슨 꽃인가유
연꽃 대신 올린 것이라 부처꽃이여
벌과 나비의 불러 마른 목을 축이게도 허구
꽃을 바라보는 늙은 비구니의 모습

신산한 세월의 흔적은 어디 가고
아산 어딘가 인적 드문 길섶에
서 있던 미륵불의 현생이었을라나

—

지난 번 가평 어딘가 가신다고 하시더니 그때 만난 분의 이야기인가요? 나도 여자지만 이 땅에서 여자들이 겪었던 이야기들은 어찌 말로 다하겠어요. 옛 시대에는 조혼(早婚)이 일반적이었지만 아무리 그래도 신부가 열두 살이었다니.
부처꽃은 생소한 꽃이어요.
연로한 비구니의 모습이 인적 드문 외딴길에 서 있다던 미륵불의 모습처럼 보였던 모양이네요.

너는 내가 되고

바람 따라 구름이 가는 골짜기
비를 따라 안개가 휘돌아 오르고
노고단 오르는 물소리 깊어지면
나무들 묵상에 젖어든 듯

햇살 바른 날엔 길쌈을 하고
여명이 대지를 깨우는 빛이며
긴 여름날 저녁노을빛에도
주황빛 물을 들이고선
원추리꽃 누구를 기다리시나

안개 바람 구름 더러는 햇살
오면 오는 대로 가면 가는대로
그저 한철 피었다 가는 거지
나는 네가 되고 너는 내가 되고

—

8월에 노고단은 천상의 정원처럼 푸른 초원에 원추리꽃이 한창이라던데, 이원규 시인의 '행여 지리산에 오시려거든' 시의 한 구절이 생각나네요.

'노고단 구름바다에 빠지려면 원추리꽃 무리에 흑심을 품지 않는 이슬의 눈으로 오시라'던. 오면 오는 대로 가면 가는 대로, 우리네 삶도 그러한 게 아닐까요. 그저 한 철 피었다 가는 원추리꽃처럼, 그럼 우리네 삶도 가벼워 질려나요.

주산지에서

좋아한다고 빠지는 게 아니었는데
왕버들 물가로 올라서고 싶어
물이 빠지기를 기다렸지만
호수는 바닥을 드러낸 적이 없었다
한 번 빠졌다면 이미 바닥은
알 수 없는 것이었다

봄여름가을겨울
계절들이 잠깐씩 머물다 가고
새벽녘이면 잠깐씩 산이
내려오곤 했으므로
잠시 산으로 올라설 수도 있었을까
좋아한다고 빠지는 게 아니었는 게
빠졌으니 견디며 살아남아야 했던 거니
형체조차 허물지 못했다
가을 아침이면 물안개처럼

피어오르던 눈물도 그친 게

가을이 또 떠나기 위해 물든 산이 내려와 있었다

—

청송 주산지에 가신 거네요. 이른 아침의 물안개를 보러 그곳에 갔던 적이 있어요. 이제 고인이 되신 김기덕 감독의 영화로도 알려졌고요.

산을 오르듯 안으로 들어서 둑을 쌓았다는 것이 이채로웠던 곳이었구요.

좋아한다면 빠져야 하는 게 아니던가요.

고향집

신작로 자갈길을 따라온 먼지들
버스에서 내리면 한동안 돌아서
눈을 감아야 했다
어둔 고샅길을 걸어 집으로 가는 길
키 큰 미루나무들이 바람소리를 내고
낮게 웅크린 초가지붕 굴뚝에서
피어오르던 연기는 어머니의 손짓인 듯
아랫목 무거운 솜이불에 덮여
기다리던 밥주발처럼
그리움의 온기도 멀리 걸어갈수록
따뜻하게 남아 있었던 거다

한 식구(食口)였듯이 거친 세상으로
내몰아 밥을 벌게 하고
때가 되면 불러들이기도 했을까
이제는 모두 떠나버린 주왕산 내원동에서

밥을 벌러 나갔을 산골사람들

먼 길을 걸어가야 했던 시절의

집이란 그런 곳이었다

—

전기가 들어오지 않았던 마을, 내원동에서 하룻밤을 묵었던 적이 있어요. 처음이거나 가끔 가는 이들은 개울을 따라 내려가는 길이 정겹기만 하지만 그곳에 사는 이들은 그렇지 않았겠지요.

아랫목 솜이불에 덮인 밥주발의 온기는 멀리 걸어갈수록 따뜻하게 남아있었을까요.

무서리

무서리는

떠나는 가을이

대지에 전하는 가혹한 기별인 것

그렇듯 가을은 상처를 남기는 듯

인정머리도 없이 떠나지만 순환의 과정에 있다

나무들은 동안거 묵상을 위해

물든 옷들을 벗어버리고

들풀들은 무서리에 자복하듯

낮게 엎드렸다

채운 낟알들을 내어주고

저문 들길을 지나왔는데

도깨비바늘이며 가막사리는

따라붙어 떨어지지 않았던 건

새로운 영토를 꿈꾸었던 것일까

가을이 다 떠나기 전에
지난여름 어딘가 버려두었던 꿈을
다시 주어보러 가야겠는데
늘 그렇듯 가을은 또 가버릴 것이다

—

무서리는 계절의 경계인 셈이네요. 가을과 겨울은 자연의 한 매듭인 셈이고. 이름 없는 들풀들도 씨앗을 남기고 미련 없이 바람이 되고 도깨비바늘 같은 것들은 새로운 영토를 꿈꾸는 셈이네요.
지난여름 어딘가 버려주었던 꿈이라니, 나에게만 알려주시길^^

님은 갔습니다

푸른 산빛을 깨치고 단풍나무 숲을 향하야
참어 떨치고 갔다는 그 님은 누구였던지
시험지 답안을 채웠던 그 님이었을까

세상의 모든 욕망이 집약되고
온갖 이념이 무너져 내리고
사랑과 그리움이 숙성되고
바람과 기대가 솟아나는
그 대상은 과연 무엇이었을까요
더 이상 갈 수 없던 길에서 그 길로 간 님은
바로 나 자신이었다는 내 마음이었다는
망설이고 망설이다가
크나 큰 절망처럼 돌아서면서
그 길로 간 님은 가을이었고
또 가을을 쫓아가는 내 마음이었다는

—

만해 한용운 님의 님의 침묵은 오랫동안 귓전에 머물 듯,
님의 행방을 수소문했던 듯싶습니다.
과연 그 님은 누구였을까요. 일제에 빼앗긴 국권이었을까요?
행여 연모하던 님이었을까요?
욕망과 이념, 사랑과 그리움, 기대와 바람은 인간의 모든 산물이었을까요? 낙엽이 구르는 그 길에 간 님은 가을이고 그 가을을 쫓아가는 내 마음이었다는.

사과갈비

권능을 가질 거라는 낙원에서의
유혹은 너무나 달콤했듯
사과가 익어가는 계절이면
하굣길에 만나던 사나운 가시
탱자나무 안에서 붉게 흔들리던
유혹은 선과 악의 문제가 아니었다

광천장에 다녀오신 엄마의 보퉁이 안에 숨어있던
반쯤은 썩은 국광사과 한 알
검은 씨도 거침없이 씹어 삼켰던 건
그 향기가 달콤했던지
맛이 더 달콤했던지 아릿하다

그 시절 무처럼 흔하게 사과를 먹는 시절
아들이 깎은 사과껍질 속에 들어있는 갈비 한 대
어찌 맛있는 갈비는 안 뜯었다냐

똑똑한 아들이 말귀를 잘 알아들었던지
그담부터 사과 한 알에
한 대박에 없는 갈비는 오롯이 내 몫이었다

—

물질적이든 입에 들 것들도 풍족하지 못할 때 우리의 감정을 자극하여 섬세하게 하는 듯해요. 반쯤 썩은 국광사과 한 알의 향기와 맛은 그렇게 기억으로 남아있게 된 것이겠지요.
요즘 자라는 아이들에게 과일은 그저 그렇고 그런 먹을거리에 불과하겠지요. 씨가 들어있는 부분을 갈비라 하셨듯 그것을 먹는 아이들은 드물겠지요. 사과 맛나게 드세요.

소설(小雪)

늘 쌀쌀맞던 이가 갑자기 표정을 바꾸듯
포근한 바람에 여름처럼
비가 내리고 바람도 지나갔다.
지리산 골짜기 산촌에서 곶감을 깎던 내 친구는
찬바람이 절실한 듯 울 듯 말 듯
전화로 하소연을 했다

그에겐 지금 찬바람이 필요했던 듯
첫눈이 내린다는
절기상 본격적인 겨울로 들어선다는
소설(小雪)이 오늘인데 가는 비가 내린다
앞산에 텃밭처럼 가꾸던 곳에는
지난 계절의 흔적들이 지워져가고
아직 서 있는 고춧대는 그대로인 채

—

완도인가, 서남해의 섬에 사는 친구가 있었어요.
겨울철이면 날씨에 굉장히 민감했는데, 집에서 김 양식을 하는 것 때문이었지요. 날씨가 따뜻하면 김이 잘 자라지 않는다는 이유였던 것 같아요.
한겨울 용대리 덕장의 황태가 제대로 익어가듯 되려면 찬바람이 필요하듯이 곶감을 말리는데도 마찬가지겠네요.
인간이 원하는 대로 하는 게 하늘의 일이기도 한 거니까, 순응하기도 해야겠지요.

참나무

참을 앞세운 것은 궁핍함과 상관있었다
참꽃 참나물 참나무 참새
참나무는 형제도 여럿
갈참 굴참 졸참 떡갈 신갈
여기에 손기정이 베를린올림픽에서
받아온 것이 대왕참나무였다
우승자의 영광을 드러내지 못하고
히틀러의 이름으로 받은 어린 대왕참나무
일장기를 가려야 했던 고개 숙인 조선의 청년

참나무에서 참을 앞세운 것은
참 좋은 나무의 의미도
참고 견딘다는 의미도 있을 듯싶다
대왕참나무 또 다른 참나무도 잎들은
떨구지 못하고 겨울을 난다
움트는 새순의 추위를 가려주며

돋아날 때까지

그렇게 보아주어도 될 듯싶다

—

유난히 추웠던 그해 겨울, 강남의 테헤란로를 걸을 기회가 있었습니다. 그 길가의 가로수는 플라타너스인데 혹한의 1월에도 낙엽으로 떠나지 못한 잎들이 을씨년스럽게 매달려 있었습니다. 물들지 못하고 무엇에 맞은 듯한 푸르뎅뎅 멍든 모습이 보기 싫었더랍니다. 그 무엇이든 간에 떠날 때 떠난다는 것의 의미를 다시 생각해보았습니다.

참, 참이라는 게 우리의 궁핍했던 삶과 관련이 있었던 거네요. 참새는 참 생소하지만. 피식민국의 청년으로 고개를 숙이고 두 손으로 작은 화분을 들고 있었던 모습, 그 화분이 대왕참나무였다는, 겨울이더라도 가로수를 자세히 살펴야겠습니다.

조작

시월의 유신은 이어지는
긴급조치의 칼날에 떠밀려가는 듯
암울했던 70년대가 저물어가던
다시 시월의 아침 정규방송이 멈추고 무거운 음악
시해 서거
낯선 말들이 모르스부호처럼 부유했다
태양은 하나였는데 태양이 쓰러지다니
기숙의 허기진 아침
식판의 조악한 밥알들은 깊은 허기조차도 무시하고
조작된 허무는 또 다른 비극을 잉태하고 있었다

자리를 잡지 못한 역사는 현실을 떠돌고
성은 허물어져 빈 터인데 월색만 고요해
가수도 가락도 청승맞은 건 그대로인데
남산의 부장들은 어디로 갔는가
결코 채워질 수 없는 욕망도 여전히 그대로인데

—

'내 무덤에 침을 뱉어라' 오래된 옛일처럼 그런 일이 있었네요. 밀실의 만찬은 최후의 만찬이 되었으니 그 분이 없으면 이 나라가 도탄에 빠질 듯 걱정했던 시절이었으니까요. 눈으로 볼 수 있는 것만 보았으니 숨겨진 이면은 볼 수 없던 시절이었던 이유가 있었겠지요.

너와 나의 욕망이라는 게 참 부질없음을, 하지만 치달리는 현실에서는 어디 그렇게 보이던가?

지금은 또 어떤 모습인지 나 자신도 돌아다봅니다.

가을을 지나

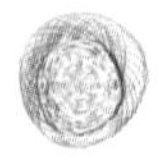

갈대며 억새가 다른 듯 같은 건
물가를 점벙거리고 산언덕에 올라서
가을이 시들어서야 피기 때문이다
히말라야 고산 야크털처럼 찬바람이
불면 갈대꽃 두툼해지고 억새는
가지런한 은발을 바람에 빗어 넘긴다
가을은 깊어지며 죽어가는 계절
잡았던 손을 놓는 것처럼 이파리들이
바람에 날리고 갈대꽃 억새꽃들
바람에 흔들릴 때 저마다도 흔들리는
속마음에 안도감을 갖는 것일까

겨울 속으로 가면서도 덜 외로울 수
있는 것은 갈대며 억새꽃 스러지지
않고 서서 흔들리기 때문이듯
소멸은 또 생성의 자양분이었다

—

강 둔치에 보면 갈대와 억새가 정답게 공존하는 것 같아요. 꽃이 피어나는 모습은 다르기도 하고. 갈대는 고산지대의 야크털처럼 두툼하고 억새는 노신사가 은발을 가지런히 빗어 넘기듯.

'죽음과 관계를 맺고 있는 것은 정신 나간 짓이나 한낱 아름다운 상상이 아니고 현실이고 내 삶이기도 하다. 나는 허무하게 지나간 것들에 대한 비통한 마음을 잘 알고 있다. 시들어가는 꽃잎을 보면 그것을 느낄 수 있다. 하지만 그것은 절망 없는 비애다.'

폴커 미켈스가 쓴 '아름다운 죽음에 관한 사색'에 나오는 한 구절이지요. 피할 수 없는 자연의 섭리에 곱게 물들어 허무하게 져 내리는 낙엽처럼 나도 언젠가 저 낙엽처럼 떨궈질 인생이니 남아있는 날들을 소중하게 채우고 싶다는 욕심 같은 소망을 가져보기도 하듯. 그리고 절망으로 비애를 불러들인 소녀에게 희망의 잎새를 그린 무명의 화가처럼 가끔은 나 아닌 누군가를 위해 기쁨과 위안을 주며 살고 싶다는 것도 기대처럼 염원하며 나목이 되어 가을비에 젖는 쓸쓸해진 은행나무를 창밖으로 내다보며 절망 없는 비애도 생각했더랍니다.

떠나야 했던 길

설 명절 연휴가 시작되기 전날
2주 동안 동유럽으로 여행을 간다고
보내온 문자에는 설렘과 우울함이 엉겨있었다
지도를 펼쳐보며 그이가 건너야 하는
대지를 따라가 보다가
늘 끈끈함을 내보이던 가족은 더 이상
그이가 명절을 나누지 않아도 될 만큼
진화의 강을 건넌 듯 했다

낯선 거리에서 그는 무엇을 보고
무엇을 나누려는 것일까
그가 건너야 하는 대지가 먼 곳에 있었다

—

명절이면 부모형제가 머문 고향에 가는 것이 당연한 것이었는데, 이제는 옳고 그름의 문제를 떠나 해외여행도 자연스러운 일상으로 변하여가는 세태, 하지만 아직까지는 그게 그렇게 여유로울 수는 없는 세태라는 것은 구식인 나의 정서이려나.

긴 비행시간의 갑갑함을 견디고 낯선 거리를 찾아다니는 모습이라니.

무말랭이

삼월 삼짇날도 지나면
우물가 자매기에 담긴 짠지도
바닥을 들어내고 엄마는
시렁에 매단 무말랭이를 털어냈다

아침마다 양은도시락
한쪽 구탱이를 채우는 것이
날마다의 숙제처럼 어려웠을 엄마
꽁당보리밥이야 그렇다 치고
멸치도 귀하고 당연히 소시지도 없던 시절
메마른 봄날에 간간해서 만만한 걸
찾아내기가 어려웠을 터
지난 늦가을에 말려주었던
쪼글쪼글 무말랭이는
얼마나 반가웠을까
고향에 갇던 길

갈볕에 말라가는 무말랭이를 보며
이제는 쪼글쪼글 작아진 엄마의
모습이 어른거렸다

—

어느 집 어느 엄마건 도시락 반찬을 만드는 것은 날마다의 숙제였을 듯싶네요. 예전에야 소시지나 가공식품을 쉽게 구입할 수 있는 것이 아니었던 것도. 특히 예전에는 김치냉장고가 없었으니 이른 봄날부터 김장김치가 바닥을 드러냈으니 메마른 봄날에 참 기본 찬거리는 물론 간간한 도시락 반찬을 만들 수가 없었을 테니 말이어요.
그래도 지난가을에 말려둔 무말랭이가 비장의 카드처럼 엄마의 시름을 덜어주었을 듯. 예전에는 집집마다 그렇게 무를 썰어 말렸는데 이제는 보기 어려운 모습이 되었어요. 나의 엄마야 돌아가신 지가 한참이나 되었지만 쪼글쪼글한 무말랭이를 보며 그 모습을 생각하신 거네요.

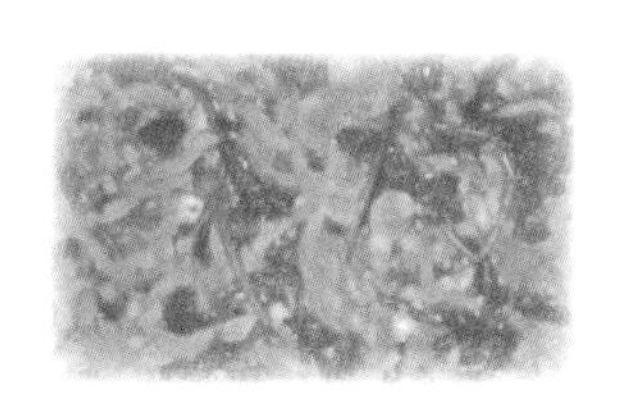

고니

돌아오는 것인지
떠나오는 것인지
근무지가 세종시로 바뀌면서
주말을 앞두고 귀가의 의미가 혼란스러웠는데
시베리아 동토로부터 수만 리 길을 날아왔다는
고니를 보면서도 마찬가지였다

백조의 호수
감미로운 음악의 시작에
무도회의 우아한 발레리나의 몸짓
白鳥인 고니들의 긴 모가지는
옛 사월 무논의 개구리처럼 소란스러웠다

겨울 호수는 제 몸을 얼리지도 못하고
연밥을 담은 마른 꽃대는 동안거에 든 지 오래
섬에 갇힌 수양버들은 봄을 기다리듯

물안개에 젖어들었다

꽃바람이 불면 돌아갈 것인지 떠나갈 것인지

—

백조의 호수, 할 일을 찾지 못한 백수 중에 여성을 백조라는, 비하성의 말, 가수 이태원이 부른 '고니'까지. 먼 시베리아에서 여름을 나고 먼 이곳까지 와 겨울을 나고 가는 새지요.
겨울날에 주남저수지에서 반갑게 보았던 것 같아요. 큰 몸집에 끊임없이 소풍 나온 아이들처럼 재잘거리는 모습까지. 멀리 시베리아까지 가는 시간은 3개월, 오는 시간은 한 달 반이 걸린다는 자료를 본 적이 있는데 그것으로 보자면 여기가 고향인 듯싶네요. 꽃바람 불면 돌아가는 것이 아닌 떠나는 것이겠네요.

생명력

신종 바이러스와 설 연휴 끝의 우울한 회색빛 바람
아직 건네지 못한 것처럼 주머니에 무언가 잡혀지는 것 하나
지난 주말 산에 가면서 간식으로 비닐봉지에 숨어있던 생밤
일주일을 주머니에 두 알이 남겨진 밤톨
봉지를 풀고 입에 넣기 위하여 밤알을 집어 들었을 때
그 밤과 별개로 보여지던 것은 연둣빛으로 감겨 올라온 새싹,
검게 퇴색돼가는 밤의 몸빛과는 전혀 다르게 순하고 연약한 연둣
빛 그 순간 걸음을 멈추고 껍질은 물론 살갗이
다 깎여진 몸에서 밀어올린 한 줄기 생명
아! 그것은 생명의 절실함
내가 한 번도 품어보지 못한 절대적인 간절함
그 죽음 같은 절망 속에서도 아니
절대 생명이라고 생각조차 가지지 못한 것이
품어 낸 또 하나의 저 절실한 생명이었다니!
다시 밤을 봉지에 집어넣어야 했다
집으로 돌아와 작은 화분에 밤알을 묻고 물을 주었다

상처 난 몸에서 새싹을 키워 올릴 것이라는 확신은 없었지만
얼마간 자란 후에 산으로 옮길 것이라는 마음
내가 죽도록 사랑하지 않았기 때문에 영원은 늘 존재하지 않았고
나를 버리지 못했기 때문에 내가 가진 것은 아니 내 가슴은 늘 비어 있어야 했는지도 모른다
상처 난 밤알을 묻으면서 나의 회한 같은 죽은 것들도 묻고 싶었지만 너무나 굳어버린 삶의 편린들 부드러운 흙과 섞이지 않을 거라는 자신 없음에 주저거리기도 해야 했지만 이제 살아가야 할 날들 중에 생명 그리고 사랑의 소중함에 더 절실해지고픈 삶의 한 자락을 섞어 두고서야 묻어 두었던 날

시월이 가고

바람이었듯 은근 물들어지기를
아끼듯 하루하루를 건너왔던 시월이
잊혀진 계절 그 노랫말의 위력인 듯
쓸쓸하게 시들어가고
11월
물들어가는 은행잎에서 온기를
살펴보지만 허망한 듯 뒤를
돌아다보는 아침

억세게 살아온 듯하지만
바람결에 흔들리는 억새꽃을
보며 내 마음도 흔들렸을까
꿈을 깨듯 새벽이 점점 이르게
오고 지나온 길이 자꾸만
희미해지는 건

—

시월은 개천절로 열리듯 여유로움과 대지의 풍요로움이 잠시 머무르듯 하는 계절이지요. 정말 아끼듯 하루하루를 건너왔다는 말이 맞는 듯, 노래 한 곡으로 스타 반열에 오른 가수의 '잊혀진 계절', 그 멜로디와 가사로 많은 사람들에게 시월이 가는 아쉬움을 주었지요.

뜨거운 여름을 보내고 억새처럼 억세게 살아온 듯하지만 바람결에 흔들리는 억새꽃을 보며 가을의 정취에 빠져듭니다.

되돌리기엔 너무 많이 써버린 듯 11월이 시작되면 누구나 지나간 시간에 대한 회한과 아쉬움을 갖게 되는 것 같아요.

아침이 더디 오고 밤이 길어지면서 밖에서 활동하는 시간도 적어지니 생각이 더 많아지겠지요.

2부

애틋함, 달이 뜨는 겨울밤

눈 온 아침이 좋았던 건
멀게도 가까웁게도
차가움 속에 깃든
맑음과 고요함 속의 충만이었다

- 본문 「눈 온 아침」 중에서

가을에서 겨울로

이른 봄날 불쑥 꽃망울을 터트리던 봄꽃들처럼 그에게 보냈던 '그리움을 만들고 싶다'던 작은 바람은 늘 그랬듯 계절이 제자리로 돌아오듯 다시 봄을 기다리는 계절을 맞았네요. 가을이 깊어가면서 밤이 더 많아지고 달은 친해지려는 듯 나에게 다가옵니다. 변할 수 없는, 하지만 늘 다른 모습으로 시야에 들어오는 달의 모습은 내 마음의 갈피와도 같은 것일까요?

달이 기다림의 대상이 아니었지만 나이를 더할수록, 가을이 깊어질수록 더 자주 달을 마주쳤으면 하는 마음이 새록새록 생기는 게 새삼스러웠지요. 어느 날은 볼 수 없다가 문득 서쪽 하늘에 초승달로 나타나듯 달은 날마다 다른 모습으로 멀리에 있습니다. 달의 모양에 따라서도 보는 사람의 형편에 따라서도 느낌은 다 다를 것은 어쩔 것인가요. 둥근 보름달로 오면 그 충만함으로 마음속의 소망을 전해보고 싶은 마음의 여유를 갖기도 하지만 초승달이나 그믐달을 보면서 그런 마음 대신 애틋함과 발을 딛고 사는 이 지상이 전부가 아닌 끝을 모르는 우주 속의 일원이라는 것을 생각하게도 합니다. 누군가가 그랬을까요? '낚싯바늘 같은 모

양새를 하고 가만히 하늘 한 편에 있다가 늦은 저녁 일을 마치고 집으로 돌아가거나 이른 새벽 일터로 나가는 이의 눈길을 한 번에 낚아채곤 한다'는.

달은 보는 사람의 심정과 위치에 따라 각기 다른 감흥을 일으키기도 하니 달 속에 담김 모습을 형상화하여 전설로 전해지기도 했고 시나 수필, 소설 등으로 표현되기도 합니다. 나도 '달님과 나눈 이야기'라는 제목으로 글을 쓴 적도 있었지요. 동지가 지난 겨울밤이면 하현달이 기울어져 창문을 기웃거리며 두드리고 가는 듯, 차가운 겨울밤이지만 문을 열고 이야기를 나눈다는 상상이었습니다.

"홀로 밤길을 가는 것이 외롭기도 하거든. 너도 외로운 것 같아서 잠시 말이라도 건네어 보려고 문을 두드렸어."

"바람도 차가운데 너는 자정이 지난 늦은 밤길을 가는 거니?"
"초승에서 꽉 채워지는 보름까지는 설렘으로 외로움도 모르게 초저녁에 오기도 하는데, 내 모습을 조금씩 감추면서부터는 제풀에 외로워져서 설움처럼 자정이 지나서야 다니기도 해. 아마 모습을 지워가면서 비운 곳에 그리움을 채우는 것이 아프기도 하고 외롭기도 해서 그럴 거야."
"너도 그런 적이 있어?"
"그럼 그리움은 너처럼 내가 작아지면서 더 커지는 것 같았어. 그리움은 그리움 자체로만 존재하지는 않아. 이 골 저 골의 빗물이 모여 외줄기 강물이 되고 강물은 흘러 바다로 가고 바다에서 강물은 짠물과 섞여져 다시 구름으로 피어올라 비를 만들어 내리듯이, 그리움은 한 줄기 외로움으로 흐르다가 외로움에 짠물에 섞여들듯이 괴로움으로 흐르기도 하지. 그리고 다시 구름처럼 그리움으로 피어오르는 거야. 그래서 그리움은 순환처럼 처음의 그리움으로 다시 돌아가기도 하는 거야. 그래도 너는 네 이름처럼 달이 바뀌면 다시 커지기도 하잖아?"
"그래서 더 외로운지 몰라. 그러니까 밤으로만 다니는 거지. 너와 내가 외로운 것은 세상에 단 하나뿐이기 때문일 거야. 어둡던 일제 강점기 시절 이 땅의 한 청년은 자기가 여자로 태어난다면, 그믐달 같은 여자로 태어나고 싶다고 했거든. 멋지지, 이름도 멋졌거든, 나는 이름이 멋진 사람을 좋아해. 달처럼. 그 멋진 남자는 너를 보는 사람들에게 짧게 이야기를 했는데 한번 들어보아.

'정 있는 사람이 보는 중에, 가장 한 있는 사람이 보아주고, 또 가장 무정한 사람이 보는 동시에 가장 무서운 사람들이 보아준다는. 그렇다고 한 있는 사람만이 보는 것이 아니라 늦게 돌아가는 술주정꾼과 노름하다 오줌 누러 나온 사람도 보고, 어떤 때는 도둑놈도 본다'고 했어. 근데 작아진 너를 보는 사람들이 그렇기도 하네. 그리고 어쩌면 산중에 홀로 있는 이보다 도심의 무리 속에 있는 이가 더 외로울 거야. 누구나 비인 곳을 채우고 싶어 하지만, 채우면 채울수록 그만큼 외로움의 부피는 더 커지기도 하거든. 그래도 너는 한 번 죽으면 다시 살아오잖아."

"아냐, 나는 작아지면서 그믐날 새벽녘에 와서 해가 뜨면 작은 조각마저 다 태우고, 작은 씨앗 하나가 떨어져 새로 생겨나면 새 달이 오는 거야. 그래서 바다는, 여인은 새 달을 잉태하듯 하루에 두 번씩이나 한 달에 한 번씩 드나들기도 하고. 오늘 너를 만나 이야기를 나누면서 외로움이 조금 가셔졌어. 다시 또 만나자, 그리고 잘 자."

'매일 이별하고 살고 있구나'라는, 애절한 노랫말처럼 흐르는 듯 달과의 만남도 그랬습니다. 어느 날은 볼 수 없다가 불쑥 서쪽 하늘에 초승달로 오고 한밤에 하늘을 올려다보다 만나고 헤어지기도 합니다. 구름이 가는 밤하늘에 '구름에 달 가듯이' 라는 시구를 생각하게도 합니다. 그를 생각하는 것도 그랬습니다. 한 번도 같은 분량의 그리움이 아닌, 전혀 생각하지 않는 날도 있었습니다.

늘 변하는, 우연히 볼 수 있는 달의 모습이듯 그의 모습도 그랬습니다.
기다리지 않아도 그 모습이 보여지고 보고 싶다고 볼 수 없는 존재, 우연히 올려다 본 하늘에 늘 변하면서도 변하지 않고 그 자리에 있는 달의 모습이 그의 모습이었을 것입니다.
지난 이른 봄 설악산에 들었다가 갑작스런 폭설에 갇혀야 했던 적이 있었지요. 한나절 동안 산기슭 낡은 시골집에 잠시 머물러야 했는데, 시렁처럼 걸쳐진 선반에 올려 진 책 한 권을 집어 들었을 때 표지를 넘기고 다음 장의 시작은 이랬습니다.
"사랑은 갈구함인 동시에 인내함이다.
아름다움인 동시에 슬픔이고
즐거움인 동시에 고통인 것이다."
어떤 식으로든 사랑을 끝난 이의 결말의 표현이었을 것만 같았습니다. 한 번도 만나지 못한 이에 대한 그리움처럼.

첫눈

내일의 기다림보다는
어제의 그리움에 더 익숙해진 그대일지라도
이르게 오는 어둠처럼 깜깜해지는
세밑의 허둥거림 역병의 심란스러움에도
앙상한 가지를 뻗은 나목의
가로수길을 지나며 문득
기다리던 그 날이 있었던 것을 떠난다는 기별도 없이
가을은 시린 바람 속으로 사라지고
철새들은 허름한 집 한 채 남겨두는 미련도 없이
그리움을 남기거나 희미한 흔적을 찾아
긴 산맥과 바다를 건너 떠나고 돌아오는 계절
지난여름의 뜨거움으로 손톱 끝에 물들인
자국도 다 지워져 가듯
조바심으로 기다렸던 것을

처음 오는 듯 이내 날려버리거나

녹아버리듯 수줍게 오던 님은 예전의 모습이었을까

처음 지나간 발자국도 남기고

시린 바람도 데리고 온 듯

—

그랬어요. 내일이어서 기다려야 하는 일들보다는 자꾸만 어제 지난 일들이 그리워지곤 했으니까요. 그렇더라도 누구나 첫눈을 기다리는 마음일 거예요. 추운 계절로 바뀌면서 움츠러들기도 하지만 눈이라는 게 선물과도 같은 것이니까요.

봉숭아물을 들였던 거네요. 남자가 남사스럽게. 대개 첫눈은 오는 듯 마는 듯, 이내 녹아버리기도 하는데 올해는 오래 흔적이 남아있었던 모양이네요.

아직 첫사랑을 염원하는 마음도 남아 있으려나요?

메주

메주콩을 삶는 가마솥의 물은 넘을 만큼
넘쳐서야 체념하듯 불기를 머금었다
그 태생이 흙과 물에서 시작되었듯
뜨거운 불길에 죽고 으깨져서야
살아있는 균들을 불러들일 수 있었을까
콩이 익어 가면 콩 속에 묻은
고구마엔 구수한 콩물이 배어들었다
부드럽게 두드려대도 울퉁거리는 메주는 그만큼의
내 재주였고 방안 시렁에 매달려서는
늘 떠나기를 꿈꾸었던 겨울밤처럼 익어갔다

몸속까지 배든 구릿한 냄새는
내 처지였고 피할 수 없는 입장이었으니
내 생애라는 것이 고작 더할 것도 뺄 것도 없는
간장이었고 된장이었을 것이다
여전히 구릿한 냄새나 피우는 듯 딴전을 피운다

집쥐들이 천정을 뛰어다니고

고구마통가리 메주가 익어가는 방을 그리워하듯

—

가을이 다 깊어지면 영창문에 창호지를 새로 바르고 김장을 하고 메주를 만드는 것은 겨울을 준비하는 것은 물론 그 너머까지 내다보는 의식과도 같은 것이었지요. 메주를 만들기 위해 익히는 콩은 완전히 익어갈 수 있도록 물을 넘치게 했던 것 같아요. 정말 뜨거운 불길에 죽고 으깨져서야 또 다른 맛을 만드는 균을 불러들였으니.

메주가 익어가는, 통상 '뜬다'는 표현을 하기도 했는데 쿰쿰하다고 해야 하나, 그런 냄새가 방안을 떠다니고 옷에도 배어 있었으니 학교에 가면 아이들이 놀리고는 했었지요. 그래도 그 시절의 방이 그리워지기도 하는 것은 나이 때문이기도 하겠지요.

겨울 지리산

고향에 가면 어머니를 만난다는 설렘이 있듯이
구례에 도착하면 지리산은 언제나 어머니와 같은 자리
객지를 떠돌다가 저물녘 고향마을 동구에 들어서면
웅크린 초가 굴뚝에서 피어오르는 연기에
어머니를 건너다보듯
눈 내린 겨울날 그 길에 서면
만년이나 흰 눈을 이고 있는 듯
노고단을 올려다본다

산을 오르다 말고 길가 암자에 깃들었던 밤
섣달 열이레 하현달이 산을 넘었으니
절집 처마의 풍경도 지쳐 잠들었는데
뒤꼍 시누대숲은 달빛에 바람을 흔들더니
나그네에게 말을 붙이려는 듯 창문을 기웃거린다

설핏 잠이 들었던가
본디 방의 주인이었던 듯 다가오는 급한 발소리
그 자의 해에 태어났으니 친한 척도 해야 하는 건데
눈을 마주치지 않으려고 방바닥을 두드렸건만
더 가까워지는 발소리에 하룻밤 방세를 물듯
배낭에서 간식을 꺼냈던 밤이 지나고

새벽 예불소리에 손을 모으고 어둔 산길로 들어가던 길
그나마 목숨이라도 부지하기 위해
이 길에 들었던 이들에게는
이 산길이 살 길이기도 하였을 건가도 생각했던 길
하현달은 섬진강을 건넜고 물소리가 졸아들면서
돌아다보는 숨소리도 쌓인 눈도 깊어지는 길
나뭇잎 사이로 흔들리던 달빛들이 발걸음에 흩어지던 길

산을 넘는 여명의 빛에 사위어가며
그림자가 따라오던 길에
회한과 슬픔을 느린 내 그림자를 찬찬히 응시해보며
타인을 이해하거나 사랑한다는 것은
그 그림자까지 응시해야 한다고 나직이 되뇌었던 마음

코가 땅바닥에 닿도록 코재를 돌아 오르면

펼쳐지는 너른 설원과 솟아오른 봉우리

대피소 앞 마고할미에게 인사를 올리고

노고단에 올라 비로소 천지를 분간해보지만

반야봉을 휘감아 오르는 운무처럼 천지는 막연한 것을

산 아래에서 지고 올라온 허튼 욕망의 바람과

산하를 넘나드는 시린 바람에 흔들리며

잠시 노고단 돌탑 아래 무릎을 꿇었던가

겨울 지리산이 그리워 그 길에 들었는데

숨겨온 그리움은 만나지도 못하고

—

전라도 구례에 가보았던가? 그러니 당연히 지리산은 가보지도 못했겠지요. 하지만 겨울 지리산을 읽으면서 마치 내가 그 길을 가고 있는 듯한 멋진 환상을 가졌겠지요. 그리고 은근 부럽다는 생각에 한 번 따라가 보고 싶다는 생각도.

깜깜한 방에 정말 쥐가 나타난다면, 방세를 물 듯 간식을 꺼내 주었다는 게 사실이겠지요.

몸을 파고드는 차가운 산정의 바람도 한번쯤은 마주쳐보고 싶은 생각도 있는데.

~ 라면

숱한 세월이 흘렀어도
그 집 형제들이 모이면 꼭 빠지지 않는다는 ~라면 이야기
그 때 거기 땅을 팔지 않았더라면 이었다
산골짝 고향마을에 고속도로가
지나면서 다락같이 오른 땅값 때문이었을 거다
잃은 것이 무엇인가를 따지기보다
그나마 얻은 것이 무엇인가를
생각하다보면 삶이 좀 가벼워 질려나

삶에서 다음이란 몰래 찢어버릴 복권의 번호처럼 허망한 것이듯
정말 중요한 건 지금 하거나 하지 않는 두 가지만 있을 뿐
지게에 엿목판을 지고 다니던 엿장수는 서낭당 두 갈래 길에서
작대기를 세워 쓰러지는 곳으로 방향을 잡았듯
선택은 작대기가 쓰러지듯 단순할 것은 아니었다
오늘도 내일도 가지가지 ~라면이 삶을 서글프게 하고
퉁퉁 불어터져도 여전히 그 ~라면을 또 뒤적거리는 듯

철새들의 행로에 라면은 없을 것처럼
한 번도 뒤를 돌아보지 않았다

—

살다보면 그렇게 ~라면을 찾을 일이 참 많기도 하지요.
특히 급격한 산업화시대를 살아오면서였으니 말할 것도 없지요.
그래도 얻은 것이 있을 텐데 그것을 찾아내는 것은 참으로 어려운 일, 재미삼아 복권을 사본 적이 있었는데, 번호가 맞질 않아 찢어버리는 경우가 대부분이니 그때마다 허망하고 곤혹스럽기까지 하지요.
잊어버리면 좋은데 퉁퉁 불어 먹을 수도 없는 라면을 뒤적거리듯, 그럴 필요는 없겠지요.

위문편지

창밖엔 펑펑 함박눈이 내리고
조개탄 난로 매캐한 연기에도
곱은 손을 비비며 용감한 국군장병
아저씨께로 시작하는 위문편지를 썼다

이름도 얼굴도 모르는 군인아저씨
오늘같이 추운 날씨에도 아저씨들의
노고로 우리들은 편안히 공부하며
운동장에서 신나게 뛰어놀고 있어요.
저도 이담에 아저씨처럼 멋지고
용감한 군인이 될 거여요
전우에 나오는 나시찬 같은 군인이요
근데 제대한 삼촌이 그러더라구요
군대에선 아플 때 제일 서럽더라고
보초 나갈 땐 양말도 포개신고
따뜻하게 하고 나가세요

전역하실 때까지 사고 같은 건

치지 마시고요

그럼 안녕히 계셔요

—

뉴스 말미에 중앙관상대 통보관이 대성산이며 적근산 전방고지 최저기온이 영하 30도를 오르내린다던 시절 위문의 성격이 막연했지만 용감한 국군장병아저씨께로 편지를 쓰던 시절이 있었지요.

군인들은 당연히 용감하거나 해야 한다고 생각했을 거다.

처음 군인이 되어서도 마찬가지 가파른 절벽을 건너다 미끄러져 외진 한 그루 소나무에 다리가 걸려 구사일생 살아남았을 때도 부모님 여자친구가 생각나기보단 상급자에게 불충을 부하들에게 아픔을 주지 않았단 것에 더 안도했던 것도 용감한 군인의 모습이었을 거요.

더 이상 주둔할 영토가 되지 못해서야 미련한 미련을 두고 위병소를 나왔을 때 색 바랜 군복 이곳저곳에 비겁했던 흔적이 묻어 있었던 건 숨겨야 할 부끄러움이었다.

이제 다시 떠나야 할 시간 다시 짐을 꾸리며 짐이나 될 군복 버려야 하나 챙겨야 하나 다섯 번인가 변덕을 부리다가 끝내 다시 챙겨두었던 건 푸른 옷에 흘러간 청춘의 노래처럼 자유가 너희를 진리케 하리니.

70년대 위문편지를 썼던 시절로 일기예보시간에는 중부전선 고지군의 최저기온이 빠지지 않고 등장했었지요. 국군아저씨는 강추위도 아랑곳하지 않을 용맹했을 테고요. 읽은 글 속에서 그런 이야기를 읽은 적이 있던 것 같아요.
산불진화로 출동했다가, 절벽에서 미끄러져 절박했던 순간, 이제 사무실 근무는 마지막이듯 그래도 군복은 나이 60이 넘어서도 버리지도 못하니, 그렇다고 무슨 기념이 될 수는 없을 것이고, 그 말이 생각나네요. 다만 사라질 뿐이라는...

12월

한 해가 다르다는 말이 남 일인가 싶더니
산을 오르면서도 지치듯
뒤를 돌아보는 순간들이 잦아졌다
한 장의 달력이 남겨져있는
구겨져 뜯겨나간 시간들은
분리수거장에서 하치장
매립지에 묻혀버렸을까
달빛이 지나간 호수처럼
검은 물빛들이 흔들린다

뒤를 돌아다보다 소금기둥이
되었다는 여인처럼 풀썩대던 욕망은
안간힘을 다하듯
햇가지 끝에 피었던 장미처럼
무서리에 또 지쳐버렸다
이제 남은 한 장의 시간 앞에서

두 손을 모아야겠다

한 해가 다른 험한 세상 징검다리를 건너듯

—

12월이 되면 잘 지내왔다는 안도감도 조금 있지만 아쉬움이 훨씬 많은 분량으로 다가오지요. 미래를 생각하기보다는 뒤돌아보는 시간이 많다는 거에 공감이 가요.

당연한 욕망처럼 삶이 허둥거리기도 하고 늘 타인과 비교당하기도 하지만 평온함을 갖는다는 게 얼마나 어려운 일일까, 생각해 보기도 합니다.

흐르는 개울물에 박혀있는 징검다리는 우리 삶의 모습일까요?

흐르는 물과 휩쓸려가는 것이 아닌 또 다른 방향을 지향한다는 것, 서 있다는 것은 멀리 가야 할 방향을 보아야 한다는 것처럼.

연애편지

이른 어둠이 별들을 깨우고
동짓달 기인 밤 초엿새 상현달이
이르게 산을 내려가면 차가운
바람에 별들은 또 영글어갔다
시린 바람에 뒤곁 수수깡울타리를
흔들면 문풍지가 떨어대던 밤
출출함에 일어나 날고구마를 벗겨냈다
외풍에 허연 입김이 날카롭게 날면
곱은 손을 비비며 무거운 솜이불을 뒤집어쓰고
희미한 불빛을 들여놓아 편지를 쓰곤 했다

여기 적힌 먹빛이 희미해질수록 그대를 향한 마음 희미해진다면
이 먹빛이 하얗게 마르는 날 나는 그대를 잊을 수 있겠습니다
초원의 빛이여 꽃의 영광이여 어찌하여야 한다나요
밤이 깊어갈수록 내 마음은 온통 현순씨에 대한 생각뿐 마지막이
라도 좋으니 한 번만 삼거리 풀빵집에서 꼭 만날 수 있기를

—

초원의 빛이라는 영화를 본 것이 여고시절이었나, 서로에게 몰입하지 못하는 안타까움, 수업시간에 이 시를 읽다가 뛰쳐나가는 장면이 기억에 남네요. 두 배우들의 젊은 모습은 기억에 있지만 도무지 이해할 수 없었던 당시의 상황, 사랑했던 두 사람이 왜 헤어졌고 여자는 왜 정신병원에 가고 남자는 다른 여자와 결혼을 하여 농장을 가꾸고 살고 있는지.........

후에 다시 만나지만 농장에서 둘이 어색하게 만났다가 혼자 오면서 아직도 사랑하는 감정이 남아있어 눈물방울이 맺힌 청순했던 여배우 나탈리 우드의 청순한 얼굴이 아련한데.

한 때 그렇게 연애편지를 썼지요. 제대로 마음을 내보이거나 전하지도 못했던 시절의 이야기. 나 역시 마찬가지였던 듯.

돌탑을 올리는 마음

백담사로 건너가는 수심교(修心橋) 너머
너른 개울에 서 있는 돌탑들의 행렬
태곳적부터 설악의 계곡을 따라
굴렀을 돌들이 저마다의 바람을 이고
탑이 되었던 건
한 단을 더 올리고 싶은 마음
손끝에만 있었던가 마음에도 있었을까
큰물이 지나가면 무너질 탑
흔들리는 중심을 잡아도
물결처럼 마음도 흐르는 것

정남진(正南津) 남포마을 굴구이집
사내의 바람으로도 천관산
탑산사 아육왕탑을 보러 갔던 길
표주박도 없던 샘을 서성이다가
암자의 주승은 잠이 들었던지

끝내 물 한 모금 얻지 못하고
마른 침을 삼키며 오른 계단에서
가파른 아육왕탑 바윗돌은 몇 굽이던가
달마가 동쪽으로 왔듯 인도에서 온 붓다의 흔적이
여며져 있다는데 어리석은 중생은 갸웃거리며
인위(人爲)인지 무위(無爲)인지나 올려다보았던 길

—

백담사로 건너가는 다리 이름이 수심교였네요. 깊은 산중에 너른 개울물이 마르면 드러나는 구르는 돌들, 개울로 내려 선 사람들은 저마다 마음의 바람을 세우듯 돌탑을 쌓았겠지요.
한반도의 바른 남쪽이 장흥지방이라는 건 알고 있는데, 장흥 땅 천관산에 아육왕탑이 있다는 것은 처음 알았네요.
아마 최초로 불교의 대중화를 도모한 아쇼카왕을 그리 표현했을까요? 마치 아슬아슬 쌓아올리듯, 그 모습이어서겠지요.

무구덩이

베틀에서 베를 짜듯 하지만
혼자는 할 수 없었던 가마니 짜기
그 시절 곡식을 담는 도구였고
양을 가늠하는 기준이었지만
굶주리며 빼앗긴 땅에서 쌀을
강탈하기 위한 쓰임이 그 시작이었다

화투장 대신 농한기를 건너가던
한 장도막 간격 고단한 소일이었으니
광천장날이면 공판장에 지게 가득
실려가더니 돌아오는 빈 지게다리에
꽁꽁 언 동태가 흔들리며 따라오면
역시 동태눈깔은 학창시절 숱한
핀잔처럼 티미했을 거다

꽁꽁 언 동태를 살려내려 물에 가두고

텃밭 구덩이 언 땅에 겨울잠을 자는

무를 깨우러갔을 때 깜깜한 잠을 자면서도 엄동에

피어나던 연둣빛 새순

봄은 이미 와 있거나 오고도 있었으므로

—

농한기인 겨울철에 가마니 짜기는 그 시절 곡식을 내가지 않고도 현금과 바꿀 수 있는 유일한 것이었으니 형편이 어려운 집은 온 식구가 매달렸던 일이었어요. 이웃 친구 집에 가면 가마니 한 장을 완성하기 위해 얼마나 많은 손발이 필요한지 알 수 있었지요. 장이 서는 날이면 벼 매상을 하듯 가마니도 수매했어요.
그 시절 동태는 지극히 대중적인 생선이었어요. 시골의 집집마다 무구덩이를 파고 가을무를 보관했던 것도, 짚을 묶어 숨구멍을 내듯 틈이 있었는데 깜깜한 구덩이에서도 연둣빛 싹이 올라왔던 모습이 봄의 기운을 보듯 신선했던 기억이 나요. 덕분에라도.

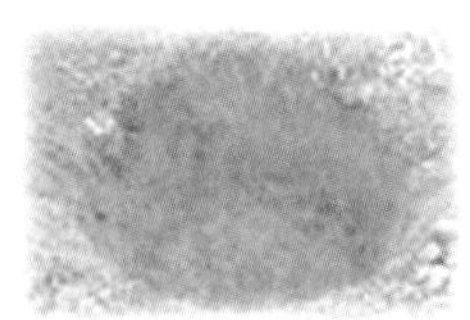  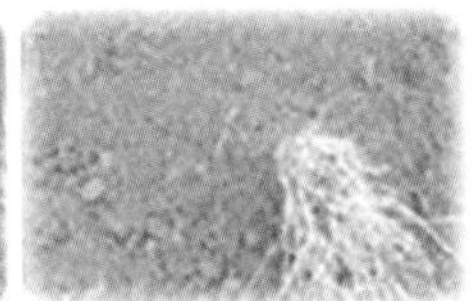

내남(전)보살

밥이 하늘이던 때가 있었다고 이제 옛이야기처럼 아득하다
오늘처럼 추운 겨울 날 식당에서 밥을 기다리던 이들이 밥이 나
오자 밥주발 위에 공손하게 손을 얹더라는 시 구절도 떠오른다
저녁밥상에 없던 식구를 위해 아랫목 이불에 덮인 밥주발의
온기도 그리워지는 계절 푸짐하게 밥상이 다 차려졌는데도 아이
는 내남보살 게임기에 눈을 맞추고 딴전을 피운다

둘러앉은 어른들 한마디씩 하고 싶은 듯 입을 내밀다가 다시 쏙
들이는데 한 끼 밥의 엄숙함 경건함을 외면하는 아이

—

때가 되면 징징대는 시계도 없이 얼음을 부수고 물을 길어 데우
고 모락모락 밥상에 줄을 세웠던 엄마, 궁핍을 끌어안고 쌀독의
바닥을 긁는 바가지 소리를 내지 않으려고 조바심으로 또 한
끼를 차려주었던 보리밥 때마다 그 한 끼에도 목이 메었던 시절
이 있었다는 걸. 그건 이제 이야기꺼리도 될 수 없을 테고 아이에

게 부엌의 온기를 말해주고나 싶었는데 지나간 것은 지나간 것일뿐 내남조살이라는 말을 아무리 검색해보아도 없는 말이네요. 대신 내전보살이라는 말은 있는 거구.

내전에 앉은 보살이라는 뜻으로, 알면서도 모르는 체하고 가만히 있는 사람을 비유적으로 이르는 말이니 그 말이 그 말인데, 밥상을 받고서도 딴전을 피우니 그 내전의 보살을 비유로 든 거네요. 정말 어린 시절 엄마는 자명종도 없이 일어나 밥을 하곤 했으니까요. 밥이 하늘이라고 했던 건 오래전 누군가 지어낸 말이겠지만 지금이라고 변할 말이 아닌 듯하네요. 요즘의 아이들에게 한 끼 밥의 의미를 이야기한다는 것이 큰 의미가 없음이지만 다른 경로를 통해서라도 먹거리의 소중함을 이야기해야 할 듯싶어요.

1월 1일

스스로 그러하듯 똑같은 아침이지만
새해 초하루 아침이라니 마음의
작은 변화라도 챙겨보았을까
두 엄마를 모시고 원대리 자작나무숲
눈길을 오르다가 서둘러 내려와
막국수를 챙겨먹고 미시령을
넘었을 때 폭설이 지나간
흔적이 그득했다

낮술에 취한 듯 바다는 시퍼렇게
철썩거리고 주모가 떠난 항구는
불 꺼진 밤의 등대처럼 쓸쓸했다
설악동엔 처음이지요
그게 뭐 자랑이라고 늙은 엄마를
몰아세우던 못된 아들은 백담사로
대청을 넘어 천불동으로 내려오던 눈 쌓인

골짜기들이나 올려다보는데 엄마는
쇠로 만든 불상 앞에 굽은 허리를
더 구부려 두 손을 모으고 있었다
백 살까지는 살게 해달라고
부처님께 말씀드렸나유
엄마는 대꾸도 하지 않으신 게
다 느덜 잘되라는 애기밖에 더 허것냐
혼잣말로 말씀하시는 듯
찬바람에 더 청청한 소나무며
다부지게 서 있는 설악동의 나목들을
그리워했듯 다정했다

—

경제학을 강의하셨던 교수님이 그런 말씀을 하셨던 게 기억나요. '우리는 설날을 두 번이나 챙기기 때문에 우유부단함을 가진 면이 있다'고. 그건 한 해를 시작하는 마음에 의미를 부여하는 말인 듯도 해요. 두 엄마라니, 어머니와 장모님을 같이 모시고 사신다더니 같이 모시고 가셨다는 거네요.

나도 원대리 자작나무숲에 가본 적이 있어요. 한참을 걸어 올라야 나타나던 자작나무숲, 아마 단순히 나무들을 만나러 산을 오른다는 게 거기에서만 해당될 듯해요.

겨울 동해바다는 더 푸른 빛인 듯, 낮술에 취했다는 표현을 했네요. 어머니의 설악산을 처음 본 느낌이 어떤 느낌이었을지 궁금하네요.

섬

사막에서 길을 잃었던 날
별을 보고 방향을 찾아야한다는 게
낯설고 신기해 목적지에 도착하지
못한 채 다가온 새벽이 두렵지 않았다
낙타는 섬에 닿는 나룻배였듯
게르 천막집은 섬처럼 떠 있었고
새벽 한기에 마른 소똥 태우는
화덕에서 풋풋한 풀내음이 번져났다

존재함의 숙명처럼 대지에 고수레를
뿌리고야 수태 차 한 잔을 받아든 아침
천막집 안과 밖을 둘러보아도 어느
한구석 숨어들 공간이 없다는 게
지극히 얼굴도 엷은 자가 살기엔
불가한 공간일 듯싶었던 건
자기 혼자만의 방도 꿈꾸었지만

주머니에 돌을 넣고 강물로
걸어간 버지니아 울프 그녀였다
내 안에도 섬이 있는 건가
사막에 걸친 무지개며 풀냄새 나던
게르 화덕의 온기가 가끔씩 그리워지던 건
섬처럼 고독하거나 숨어들고 싶을 때였다

—

처음 상황은 잘 이해가 되지 않아요. 길을 잃을 수도 있겠지만 밤새 헤매다가 다가온 새벽이 두렵지 않았다는 것이요.
사막의 유목민이나 티벳의 고산지대에 사는 이들도 소나 야크의 배설물을 말려 연료로 쓴다는 걸 알지만 풋풋한 풀내음이 번져났다는 표현이 신비로워요.
유목민들의 천막집을 직접 들어가 보지는 않았지만 화면을 통해서 완전히 개방된 공간이라는 것, 심지어 화장실도 그 안에 없다는 것, 그런데 그 안에 숨어들고 싶다는 표현이 역설적인 듯.

나무야

방배동 성당을 지나는 언덕
겨울 나무들 눈밭에서 동안거에 든 듯
가부좌를 틀고 침묵으로 서 있는
고즈넉 적막 속에서 떡갈 굴참 팥배나무들
하나하나 호명도 해보았던 건

그때는 그랬다고 했다
행려병자들 거적때기 거처가 풀럭거리던
나무 한 그루 없던 민둥의 언덕배기였기에
나무들 저절로 울퉁불퉁 이 자리에
지금 서 있는 게 아니었더라고

그 봄날 깡통에 집게를 들고
송충이를 잡으러 갔던 건
그 시절 야만이었더라고
빈정거리듯 쉽게 말하더라도

주린 배를 움켜지고 원조밀가루
수제비로 배를 채우며 나무를 심고

완장을 채워 지켜주었기에 뿌리를 내리고 가지를 펼쳤던 나무들
미래의 비전과 꿈도 심었던 날이 있었기에 우리들 곁에 저 나무들이 서 있게 된 것이었음에 기적이었고 위대한 성취였는데
늙어가는 나이처럼 초라해지는 건 뭐지 차가운 침묵 속에 겨울을 건너는 나무들이나 한 아름 안아주었다

—

어린 시절엔 대개의 산들이 붉은 바닥이 드러난 민둥산이었지요. 강력한 산림녹화정책, 사방공사를 하며 나무를 심고 무단 벌채를 강력하게 단속하고 어린 학생들까지 동원하여 벌레를 잡아 오늘날의 푸른 산을 만들었다고나 할까. 산에 나무가 없는데 비가 많이 오면 홍수며 산사태가 나고 쉬이 가뭄도 온다는 것도.
나무를 심는다는 것은 미래의 꿈을 심는 것과도 같듯, 누구든 꿈을 꾸어야 하는데 오늘날 우리는 어떤 모습일까요? 초라한 모습이 아닐까요.

촌놈

까만 구두에 달린 은빛 스케이트를
처음 보았던 건 그 소녀가 마을에 온 이후였다
소녀의 아버지는 우리 담임선생님
아버지가 머문 우리 마을에 방학으로 잠시 놀러온 거였다
논물을 댄 얼음판에 철사나 교실유리창 레일을
몰래 들어내 판대기도 만든 썰매를 타던
아이들은 팔소매에 반들반들 콧물을 훔치며
소녀를 힐끔거리다가 서로 부딪치고
집에 돌아와서는 먼저 무슨 말을
붙여볼까 애를 태우며 그랬을 거다

소녀도 심심했을까
먼저 스케이트를 벗어주며 신어보라고 건넸을 때
소년은 겨울 하늘에 난데없이 무지개가 펼쳐지듯
황홀했을 텐데 구두가 작아 들어가지 않아
억지를 부리듯 째는 발가락에 닿던 소녀의 온기였을까

일어설 수가 없어 엉금거리다가 다시 벗어주고
선생님 댁까지 같이 가던 길은 너무 짧은 길이었다

스케이트를 신고도 얼음판을 설 수도
모퉁이에서도 한쪽 팔을 흔들며
날을 세울 수 있었을 때
소녀는 다시 대전으로 돌아간다고 했다
소년은 난생 처음 잠도 설치면
소녀에게 줄 선물을 고민했었을까
뒷산으로 칡을 캐러갔던 건
벽촌에 아무것도 줄 수 있을 것이
없기 때문이었을 거다
알이 든 좋은 칡은 몰래 숨어들어가야
했으니 조바심을 냈고 통통한 가운데만
엄마의 가재손수건을 몰래 들어내
싸매서는 소녀에게로 갔다

이거 내가 캔 건데 한 번 먹어볼래
이게 뭐니 쓰기만 하고
한 번 알이 배어나도록 제대로 씹어보지도 않고
눈밭에 던져버리던 소녀
그 해 겨울 소년은 촌놈이라는 게 처음으로 싫었을 거다

—

오늘 아침에 아침 엽서를 읽으며 문득 단편 '소나기'가 생각났어요.
물론 소나기에서는 소녀가 먼 길을 가는 슬픈 이야기이지만 여기에서는 또 다른 문제로 소년이 슬픈 이야기이네요.
그랬기에 이제는 아릿한 추억으로 남아있게 되었겠지요.

엄마의 겨울아침

찬바람에 떨던 문풍지도 지친 새벽
윗목 승늉대접엔 살얼음이 건너가고
무거운 솜이불 밖으로 얼굴을 내밀면
어둠에 허연 입김이 날아다녔다
요강도 가득 차올랐으니
마루까지는 나가야 하는데
징징거리는 자명종도 없이
엄마는 부엌문을 열어 가마솥에
물 붙는 소리로 아침을 깨웠다

콩대 태우는 냄새가 고소해지면
설핏 방구들에 온기가 스미고
가지런히 도마를 건너가는
동치미 써는 소리가 정겨웠다
반찬그릇들 밥상에서 얼음을 지치고
밥물에 넘친 호박고지 듬성한 섞박지

아궁이에서 보글거리면 한 바가지
고양이 세수에 문고리는 쩍쩍
손가락을 붙이며 아는 체를 했다
장꽝엔 하얀 눈이 소복소복
추녀 끝 매달린 고드름은
열병식장 의장대 병정들 손에
든 장총처럼 반들거리는데
아침상을 들고 토방을 오르는
엄마는 무개차를 탄 대장처럼 당당했고
동장군도 무찌른 장수처럼 위대했을까
그 겨울날의 엄마는

—

입동쯤이면 엄마는 창호지를 새로 바르고 꼭 문풍지를 바르셨던 기억, 문틈으로 들어오는 바람을 '황소바람'이라 했던 기억이 있어요.

시계라는 것이 귀했고 더욱이 정한 시간을 알려주는 장치는 더욱 그랬으니. 난방이라야 아궁이에 지피는 불기운이 전부 다였으니 있으나 마나 한 것이었고, 차가운 바람에도 새로운 아침을 창조해내듯 모락모락 김이 오르는 아침밥상을 내밀던 엄마의 밥상이 그리운 아침이네요.

오봉밥상

해우 한톳 보냈네
바닷가 벼랑 끝 나무부터 동백꽃이 피기 시작했다네
봄바람에 동백꽃 멍들기 전에 한 번 건너오니라

남도의 섬에 사는 친구가 보낸 짧은 기별 속 해우라는
오래된 말에서 시린 바닷바람이 펄럭이고 있었다
찬바람이 불면 바닷가 갯바위가 옷을 입듯
해의(海衣)이거나 이끼처럼 해태(海苔)였을 테지
찰랑거리는 시린 바람에 바다가 여행을 떠나면
바위가 입었던 그 옷을 뜯어내듯 한 장 한 장으로 말려
고무신도 동백꽃처럼 붉은 빼니하고도 바꿨왔을 거다
그리운 맛도 있을 것처럼

건장에 말렸던 파래 섞인 푸릇한
이파리들에 바닷내음이 펄럭이고
들기름 바른 윤기 흐르는 해우를

화롯불에서 구어 내던 그 맛이었을 라나
이제는 돌아갈 수 없는 오봉밥상 그 시간처럼

—

해우라는 말은 처음 들어요. 여고시절 바닷가에 살았던 친구가 겨울방학이 되면 김을 덕장에 붙이느라 고생한다는 이야기를 들었던 기억이 나요.
김이라는 말이 김을 처음 식자재로 만든 이의 성이라는데, 김보다는 해의, 해우라는 말이 정감이 가네요.
정말 어린 시절 먹었던 김의 기억은 고소하거나 특별한 미각이었던 것 같아요.
식구(食口)라는 말은 밥을 같이 먹는다는 의미이듯 둥근 오봉밥상에 모여 앉았던 그 시절처럼.

텃새

텃세를 부린다는 건 텃새처럼 머물렀기 때문이었다
권력이든 돈이든 숨겨두고 쟁여둔 것에
텃새처럼 머물 것이라 여겼던 것도 그랬다
오고가야 할 때를 아는 뒷모습처럼
철새들은 낮에는 해를 보고
밤에는 별을 보며 긴 산맥과
바다를 건너 철따라 떠나고 돌아오기에
허투르게라도 집을 만들지도 않는 건데
텃새처럼 머물 거처 때문에 인간들의
삶은 소란스럽게 비루하기만 한 시절

깊은 산중에서 우연히 만난 동고비
간식을 내놓으라며 가벼운 텃세를 부리듯
살짝 아프게 손가락을 깨물었다
어라 배낭을 뒤지는 허둥대는 손길이
어이가 없다는 듯 멀리 날아가 버렸을 때

누가 철새이고 누가 텃새인 건지
행여 내가 가졌던 텃세가 무엇이었던지

—

집에서 키우는 가축들, 닭이나 토끼들을 보면 텃새가 있어요. 하물며 인간들도 예외는 아니지요. 왕따라는 무서운 말처럼. 철새들은 따로 거처를 두지 않는 듯하더라구요. 잉여를 추구하면서 오히려 사람들의 삶이 더 비루해지고 신분이 구분되었다는 말이 실감이 나요.
동고비라는 새는 얼른 떠오르지 않아 찾아보았어요. 산중에서 사는 이들이 TV에서 손에 먹이를 놓고 새들이 와서 먹던 새였네요. 사람이 그리 무섭지 않은 존재라고 생각하는 듯.
그렇네요. 우리는 언젠가 떠나 갈 존재들, 누군가에게 텃새를 가진 건 아니었던지 생각해보는 아침입니다.

동지팥죽

동짓달 동지가 머물다 가는 밤
초이레로 이른 날이니 애동지였다
새로 이은 이엉 처마에 고드름이
매달리고 굴뚝연기 피어오르던 시절
삽작문 앞 양쪽에 황토흙 모데기
장꽝엔 한 대접 팥죽이 모락거리면
가난했던 엄마는 자식들 무탈을 빌어
그나마 액운을 무찔러야 했다

이르게 오는 기인 밤에 역병으로도 깜깜한 시절
저물어가는 또 한해의 밤이 동지로 와서 죽었다가
새알심을 빚어 붉은 팥에 띄우듯 새로운 해가 떠오르도록
여서 역병의 어둠도 물러가기를 막연히 건너다볼 뿐
삽작문도 이엉 처마에 매달린 고드름도
굴뚝모탱이 장꽝의 모습이나 그리워진다

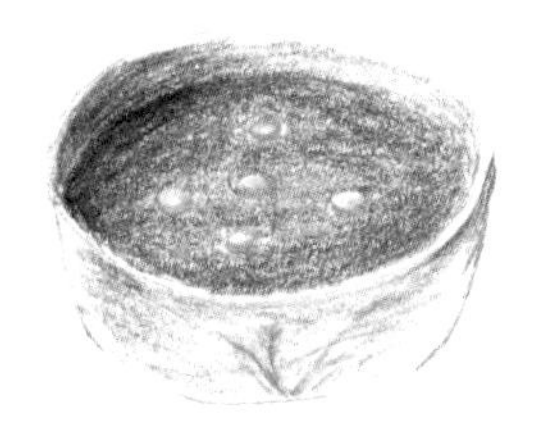

—

농경으로 정착생활을 했던 우리민족은 자연의 변화에 관심을 가져야 했고 주술적인 것도 마찬가지였겠지요. 음력으로 동짓달 초순에 동지가 들면 애동지가 되고 팥죽을 먹기보다는 시루떡을 먹는다는 것. 의료혜택을 볼 수 없었기에 흔히 미신이라고 치부했던 행위들, 그나마 그런 마음의 바람도 없었다면 어찌했을까요?
과거의 그런 모습을 아련하게 되돌아보는 아침입니다. 시루떡은 그렇고 동짓달 중순이나 하순이 되어야 팥죽도 먹는 거라지만 오늘은 팥죽도 한 그릇 먹어야겠네요.

노여움

키가 엔간한 줄 알았는데 그렇지 못하대요
직접 대면할 수 없었는데 최근에야 모임에서 처음 마주 볼 수
있었던 한 여성이 헤어지고 전화로 그런 말을 했다
뭐라 대꾸할 말이 궁색했기에 주머니만 뒤적거리다가
얼마 전에 생일이었다고 받았던 문화상품권이 생각났다

여기 서점인데 사야 할 책의 제목을
준비하지 않고 왔더니 막연하네요
최근에 읽은 책 제목 하나만 알려주었으면 좋겠는데요
한동안 말이 없더니 바쁘다고 전화를 끊었다
한 시인은 푸른 저 대샾만 보면 노여움이 불붙는다.
했는데 난 아직도 키 애기만 나오면
노여움이 피어나는 건 아직 어른이 되려면 먼 날인 듯싶다

—

도대체 누구예요? 아무리 가벼운 말이라도 그런 말을 하다니.
'어른아이'라는 심리학 용어가 있듯, 저마다의 내면에는
억압과 비틀린 또 다른 내가 숨어있을 듯해요.
물론 나는 안 그런 듯하지만 상처를 주고받기도 하는 것,
하지만 그 여성은 문제가 있는 듯해요.

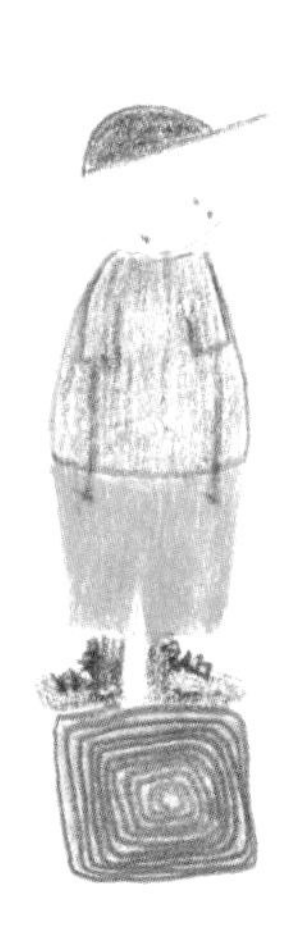

라디오 시대

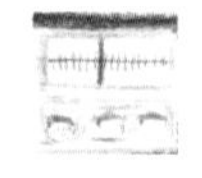

재탕인가 삼탕인가
빨래를 개면서도 도라지껍질을 벗기면서도
아내는 오래된 드라마 대장금을 본다
과정은 공정하고 결과는
정의로운 사회를 꿈꾸는 듯
싶지만 그건 늘 말뿐이었듯
기회가 된다면 은근 인생역전을
꿈꾸는 건 아닐런지

춥고 깜깜했던 전기가 들어오지
않던 마을엔 등잔불도 이르게 그치니
저녁 일곱 시 사십 분 라디오 연속극이나 기다렸다
기억나는 건 삽다리 총각
법창야화니 김자옥의 사랑의 계절이니
별이 빛나는 밤에 밤을 잊은 그대에게 등
라디오가 없는 밤은 더 깜깜했을 거다

남자보단 여자가 동시에 두 가지 일도
더 익숙하다지만 이참에 수상기를 없애고
라디오를 두었으면 더 좋을 것도 같은데
아무래도 어려운 일일 것도 같다

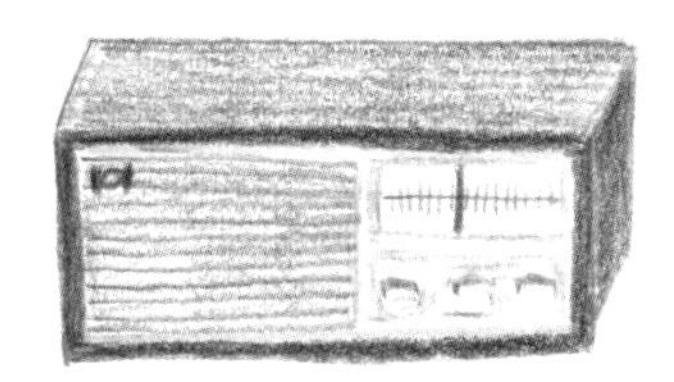

—

드라마 대장금은 오래된 명작인 듯, 나도 두 번인가 보았지요. 권력이 정의였던 시대에 순수한 열정이 통했던 게 이유인 듯, 아무래도 남성보다는 여성이 동시에 두 가지 일을 할 수 있다는 건 일반적인 이야기이네요.
텔레비전 수상기가 보급되기 전에는 그야말로 라디오 시대였지요. 훨씬 더 몰입하는 시간이었으니.

눈 온 아침

시린 바람에 떨던 문풍지도
천장을 뛰어다니던 집쥐소리도
뒤껻 수수깡울타리를 파고들던
바람소리도 지쳐 잠들었을까
긴 적막이 쌓이던 밤
함박눈을 소리없이 소복하게 펼쳐놓았던 아침
눈 온 아침이 좋았던 건 멀게도 가까웁게도
차가움 속에 깃든 맑음과 고요함 속의 충만이었다

소란스럽던 삶의 투정들도
이가 기어 다니듯 군실거리던 몸도
하얗게 지워지거나 멀리 달아난 듯
하얀 도화지에 그림을 그리듯
순백의 대지에 박혀있던 자국들
족제비 들쥐 고양이 새들까지
새롭도록 공존의 자비로움에

생명들의 경이로움에 마음의
평화가 강처럼 흐르며 마음이
푸근해졌던 차가운 바람에 귀를 막으며
푸짐한 함박눈을 그려보았던 아침

—

먼저 읽은 시집에 같은 제목의 시는 정말 그림을 그리듯 풍경을 늘어놓았었다는 걸 기억해요. 차가움에 퍼진 맑음과 고요함, 삭막한 아파트 더미에서 자랐다면 그런 정서를 공유할 수 없었을 거여요.
하얀 눈 위에 처음인 듯 지나간 발자국들, 살아있는 것들의 경이로움이었어요. 펑펑 함박눈을 기다려볼래요.

큰바위 얼굴

큰 바위 얼굴 이야기를 읽으며
성공적인 삶을 산 이상적인 모습을 생각하며
후제 그런 이가 되었으면 꿈은 꾸었던 듯
하지만 유격훈련 외줄을 타듯
몸에 힘만 주다가 구이로 매달리듯
흔들리며 허뚱대듯 살아왔던 거다

이름이 번지는 발자취를 탐하듯
먼 데 문학관이니 기념관을 기웃거렸으면서
태어나고 자란 마을 가차이에 있는
이 시대의 표상처럼 흐려진 큰 바위 얼굴로
여전히 남아있는 분은 외면했던 듯
마음의 빚을 치르듯 卍海와 백야장군이
태를 묻은 곳에 다녀왔던 길
방향성도 자기 성찰도 없이 편이나 가르고
타인의 허물이나 들추어 추동력을 만들어내는

그 목적지가 어디인지 모호한 군상들의
무성한 몸짓들이 난무하는 시절
이 땅에도 큰 바위 얼굴이 그립기만 한데
님만 님이 아니라 기룬 것은 다 임이라
했던 그 그림자나 따라가 봐야지하며
나지막이 속삭이듯 돌아 나왔던 길

—

중학 교과서에서 읽었던 큰 바위 얼굴, 굉장히 인상 깊었던 내용이었어요. 나도 그런 사람이 되고 싶다는 것도. 누구나의 삶이 그렇듯 살아온 삶은 그렇지 않았지요.
자그마한 좌절에도 시험에 빠지듯 힘든 일상에서 내가 아닌 이타적인 삶을 살아 간 이들을 보면 막연히 흠모하는 마음만 있는 듯.
만해 한용운 님과 백야 김좌진 님이 님의 고향분이신 거네요.
이제부터 더 정진하여 그리움의 이야기들을 더 많이 남기시기를요.

겨울 연못에서

젖은 진흙밭을 더듬어 초록이파리 피어나면
태양이 뜨거워져갔고 첨벙거리듯 물위를 걸어갔다
칠월의 태양을 기다렸을 테지
불꽃처럼 꽃대가 오르면 가슴이
뜨거워졌던 무성했던 지난여름

소낙비에도 꺼지지 않는 분화구인 듯
흔들리되 일렁이던 꽃불들은 물위로 흐르는 바람을 세우고
푸른 소반인 양 둥글게 펼쳐낸 잎새들 빗줄기 받아들 듯 젖어들
지도 않다가 허무의 몸짓으로 쏟아 내리던 비련

뜨거웠던 지난 계절의 열정도 허무도 덧없이 흘러간 바람소리
흔적도 없이 떠나기에는 지난 계절의 미련이 사무쳤던 건가
흐린 진흙에 빠지지 않기 위해 촘촘하게
구멍 난 몸체를 진흙에 묻고 바싹 마른 꽃대엔
새날을 위해 공양 준비도 채워두었을 거다

겨울 연못을 건너는 바람에 철새들 날아들면
마른 꽃대며 연잎들 고개를 숙인다 동안거(冬安居)에 든 듯

—

연이 사는 못이 연못이라는 것, 연꽃이 없는 여름은 덥기만 할 것 같은 느낌이 새롭네요. 소낙비가 내리던 날 부여 궁남지에 갔던 적이 있었는데, 활화산의 분화구처럼 꽃들은 환하게 피어나던 모습들, 그 잎들은 빗물이 모이면 쏟아내던 모습들. 연못에 빠지지 않기 위해 듬성듬성 비어있는 뿌리를 내리고 공양 준비를 하듯 연밥을 채워놓았다는.
그리고 가을이 지나 겨울에 서면 고개를 숙이는 모습, 침묵으로 묵상에 든 모습으로도 보이네요.

길 위에서

길은 인생살이의 은유이자 삶 그 자체인 거지
산을 만나면 가파른 언덕을 넘어야 했고
다리가 없는 물을 만나면 나루나 포구를 건너야 했던 것
포구는 어머니의 품속처럼 떠나거나 돌아오기를 꿈꾸었던 곳

사람에게도 가는 길이 있었듯이 길 위에서 만난 사람들
그 첫 번째의 주인공도 생각하며
지난주 고향께 광천에도 다녀왔던 길
가는 날이 장날이라더니
속담도 옛 것이 된 듯 무신날처럼 한가스러웠던 장마당
장항선 철길이 놓이기 전 오랜 옹암(독배)포구 펄럭이던 곳
옛 포구가 그리워 그곳에 갔지만 비릿한 바람이나 추썩거리듯 지
나고 토굴새우젓 상표를 만들었다는
친구가게에 들러 새우젓 한 통을 사고 돌아나왔던 길

너와 나 통할 수 있는 길도 대지에 오가는 길도 반듯해졌지만
오가는 이도 말수도 작아져 낯설고 쓸쓸했던
돌아갈 길을 두리번거리던 길

—

'길 위에서 만난 사람들' 이야기가 생각나요. '하숙생'이라는 노래도. 광천이라는 곳을 중심으로 소리꾼 장사익 씨 이야기는 나의 삶을 되돌아보는 계기도 되었어요.
시골장은 어디를 가도 한산한 듯, 이야기는 사람들 사이에서 피어나듯 오가는 사람들이라도 만나야 하는데.

주목

하늘로 오르는 사다리를 세우듯 태백산 천제단 길에도
너른 평원에 광명을 펼치듯 소백산 비로봉 길에도
오래된 주목이 모여서들 산다

살아 천년은 떠가는 한 점 구름처럼
춘하추동 희로애락으로 흐르고
죽어 천년은 절멸한 왕조의 추억처럼
비장한 고사목으로 서 있는데
나 한 점 바람이나 되려나
생과 사가 한자리인 듯

오래된 주목 넌지시 주목하는 것을 물었다
지금 너는 생의 몇 시쯤으로 알고 있는지
아침은 먹었고 또 출출한 거 보니
점심나절쯤 된 것 같다 했더니
주목하는 자세가 천박하다고 오르다가

다시 만난 주목이 물었다

네 마음속의 내용물이 무엇으로 채워져 있더냐고
멈추어 슬며시 들여다보니
마음을 어지럽히는 잡동사니들 드글거린다 했더니
주목하는 자세가 너무 가벼운 것 같다며
쌓인 눈을 털어내렸다

—

태백산이나 소백산 등 이름 있는 산에나 가야 볼 수 있는 주목, 언젠가 태백산에 오르면서 본 적이 있어요. 마디게 자라는 것이어서 아마 죽어서도 그 흔적을 오래 남겨놓을 수 있는 듯.
오래된 주목과 나눈 이야기들, 공부시간에 딴전을 자주 피우니 선생님이 큰 소리로 '주목'을 외치곤 하셨지요. 살아가면서 제대로 주목한다는 게 참 어렵다는 생각이 드네요.

빈들의 바람

임대청사 옆으로 기운 작은 동산
객지를 떠돌 듯 마음을 두었던 오솔길에
두더지가 들썩거린 흔적
봄의 끝물에 새끼 친 꿩 가족들이 구르듯 몰려다니고
겁 많은 작은 고라니도 숨어 다니더니
장맛비에 고인 웅덩이에 맹꽁이들
기영차게 울던 여름이 지난 가을 길에는
청솔모 한 쌍 가파르게 나무를 오르내리며
밤이며 상수리를 우물거렸는데

아파트값이 억 원도 더 올랐다는 소문이 돌며
고층아파트가 올라가고 쇠기둥 박는 소리가 쿵쿵거리더니
동산 오솔길에 땅을 파던 두더지도 마지막 남았던
장끼 한 마리도 죄다 동산을 떠난 듯 쓸쓸해졌다
서울이 천박하다더니 새로 생겨난 도시도 예외가 아닌 듯
누에는 열흘 살기 위해 고치를 짓고

새들은 새끼를 치기 위해서만 어렵게 집을 짓는데
하다하다 아파트도 빵처럼 구워댈 수
있기를 바랐다는 말에 마음이 짠했던 건
집이 있는 자들은 빈들의 바람의 바람을 그리워하더라고

—

세종시 이야기인 모양이네요. 작은 동산이 있다는 게 큰 위안이 된다는, 본디 한적한 시골마을이었을 텐데, 생존의 터전을 빼앗긴 살아있는 것들의 모습을 생각해보게 됩니다.
인간들은 발전을 이룬다고, 집값이 오른다고 하지만 우리의 삶이 좋아지기도 하는 것일까요? 생각해보기도 합니다.
그렇죠. 집이 있는 자들은 빈들의 바람을 그리워하는 것일지도.

뻥치는 사내

손을 꼽듯 설날을 기다리던 마을엔
엿 고는 달큰한 냄새들이 떠다녔고
객지에 나간 자식들을 기다리듯
마을을 순회하며 뻥치던 사내가 있었다
뜨거움에 튀기면 커지며 고소하다는 복음을
전파하듯 뻥치는 사내는
기세가 등등했고 아이들도 아낙들도
그가 도착하던 날이면 예물을 올리듯
종그락이며 깡통에 콩이며 쌀과 보리쌀
강냉이 누룽지까지 그를 알현하기 위해 몰려나왔다

뻥치는 사내 엄숙한 표정으로
예물을 접수하듯 도착한대로
깡통에 다시 줄을 세웠다
달달한 복음처럼 사카린을 치고
둥근 쇠통에 담아 불을 달궜는데 뜨거움을

견디지 못해 부풀어진 뻥의 편린들
터져 나오면 귀를 막았던 꽁꽁 언 두 손을 모아
그가 내려 줄 축복의 보시를 기다렸던 날들

빈 깡통을 두드리듯 소리만 요란하니
뻥치는 자들이 소란스런 세상
더 이상 손을 꼽지 않는 설날이려니
뻥치는 자들 깡통 차는 세상은 아니 오려나

—

긴 겨울도 끝이 보이고 입춘을 앞두거나 그 전후로 설날이 있었지요. 설날을 앞두고는 가래떡을 뽑고 엿을 고는 집들도 많았고요. 그때 순례자처럼 반드시 마을을 다녀가던 뻥튀기 아저씨, 모든 마을사람들이 그를 기다렸던 것 같아요. 집집마다 형편에 따라서 한과를 만들기 위해서 쌀을 튀기고 간식용으로 강냉이며 보리쌀을 튀기기도 했던 날들.

설날을 기다리던 마을의 극적인 풍경이기도 한 것 같네요.

언제나 그렇듯 정치를 밥을 먹고 사는 사람들이 진정성보다는 상대방을 헐뜯고 자신을 과시하기 위한 거짓을 부풀리듯 큰 소리로 떠드는 사람들, 그런 자들이 깡통을 찬다는 생각을 해야 할 텐데요.

나가는 글

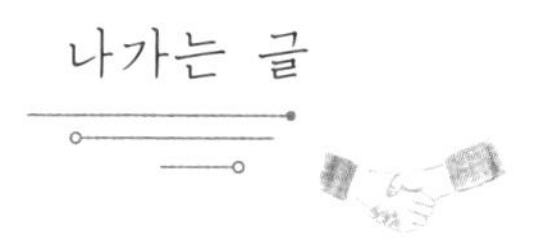

과거라는 이미 흘러간 시간들,
지난 이른 봄부터 아침엽서에 답장을 보내듯 사계절을 건너왔다.
일 년이라는 시간의 범주에서 정해진 규칙처럼 네 번씩의 철이 바뀌고 그 순환고리에서 저마다의 생은 이어져왔다.
지상에 존재하는 모든 생명체처럼 인간은 자연과 별개가 될 수 없었듯 자연의 일부로 존재하면서 생을 이어 왔고 이어가고 있다. 계절이 오고 가는 길목에서 아쉬움으로 뒤를 돌아보기도 했지만 설렘으로 기다림을 가졌듯 흐르는 강물처럼 그와 함께 흐른 사계절도 마찬가지였다.
'인생은 예술 작품도 아니고 영원히 계속될 수도 없다'던 영화 속의 독백을 기억하시려나.
강은 인간이 아닌 자연이 만든 것이었기에 강을 따라 흘러간 물은 다시 돌아올 수 없었듯 우리 삶도 그와 다르지 않았다.
그렇듯 흐른다는 것은 생과 사, 순환의 숨겨진 또 다른 의미였지만 사람이 만든 길은 한 번 지나갔더라도 그곳에 다시 돌아갈 수도 있었다.
그 유한함 속에서 잊혀 가는 그리운 것이든 늘 변화하는 자연의 것이든 시인이 전해 주는 이야기들에 시답잖은 대꾸를 하듯 나의 이야기를 붙인 것은 나름 의미 있는 바람이었을 듯싶다. 물론 그 자체에만 열중하지는 못하고 그를 만나고 싶다거나 질투의 늪을 피해 갈 수는 없었던 듯.

하지만 거리를 두는 게 미덕인 세태에서 아침이 늘 새롭도록 내 삶의 소중한 부분이었음은 말할 것도 없었다.

살아있는 날까지 또 다른 계절을 기다리듯 흘러가겠지만 '8월의 크리스마스' 영화의 마지막처럼 그에게 막연한 먼 훗날을 예비하듯 나의 독백을 전해본다.

"내 기억 속에 무수한 사진들처럼 사랑도 언젠가는 추억으로 그친다는 걸 난 알고 있었습니다.

하지만 당신만은 추억이 되질 않았습니다.

사랑을 간직한 채 떠날 수 있게 해준 당신께 고맙단 말을 남깁니다."